이제야

보이는

것들

이제야 보이는 것들

이종휘 외
의산포럼 회원 글모음

사람과
나무사이

함께 살아온 '우리' 이야기

인생을 살면서 오랜 세월을 함께하기란 참으로 어려운 일이다. 부모·자식 같은 혈연관계나 부부처럼 일심동체가 되는 특별한 관계가 아닌 한 몇십 년 동안 관계를 이어갈 수 있는 연결고리는 흔치 않다. 그런 연결고리로, 배움의 시기에 우정을 나눈 벗들과의 추억이 제일 먼저 떠오른다. 그리고 삶의 터전인 직장에서 어려움도 기쁨도 함께 나눈 동료들과의 인연을 빼놓을 수 없다.

여러 인연 가운데 지금까지 소중한 끈을 잘 이어오는 모임이 있다. 2008년에 밀어닥친 세계 금융위기 여파로 국내 금융계가 큰 어려움에 빠져 있었고 우리은행도 예외는 아니었다. 이때 우리은행 임원진은 몇 년간 함께 머리를 맞대 고민하고 은행의 위기 극복을 위해 땀 흘리며 뛰었다. 어려운 시절을 함께하며 힘을 합해 위기를 잘 극복해냈기에 우리 모임 구성원 모두에게 혈연으로 맺어진 부모-자식이나 한 몸 한 뜻을 이룬 부부 못지않게 끈끈한 결속력과 동지애가 생긴 것 같다.

우리는 퇴직 후 서로 재직 당시의 직책으로 부르기도 어색할 것 같고 해서 은행 문을 나서기 전 각자 호(號)를 짓기로 했다. 내 아호(雅號)가 의산(義山)이어서 모임 이름은 자연스럽게 '의산포럼'으로 정해졌다. 모두가 직장의 울타리를 벗어난 뒤에도 의산포럼은 정기적으로 이어졌고 수시 모임도 자주 가졌다.

작년 가을 정기모임에서 회원들의 글을 모아 책을 펴내면 좋겠다는 이야기가 오갔다. 서로 눈빛만 봐도 마음을 헤아릴 수 있는 사이지만 각자의 마음속에 남아 있는 알려지지 않은 이야기, 혹은 사라진 것이 더 많은 기억 가운데 물안개처럼 피어나는 사연을 각자 자유롭게 써서 책으로 엮어보기로 했다. 글 모음집 발간은 근래 산문집을 두 권이나 펴낸 가산(嘉山)에게 맡겼다.

그러나 당초 의도와 달리 글쓰기는 만만치 않은 작업이었다. 여기저기서 회원들의 신음소리가 들려왔다. 그래도 심혈을 쏟아부은 글이 연꽃이 진흙을 뚫고 수면 위로 모습을 드러내듯 한 편 한 편 모이기 시작했다. 글쓰기가 몸에 익지 않은 데다 자기 글이 다른 이의 글과 하나로 어우러져 책으로 만들어진다는 사실이 마음에 큰 부담으로 다가왔을 텐데 용기를 내어 귀한 글을 내어준 회원 한 사람 한 사람에게 고마움을 전하고 싶다. 또 책 작업에 함께하지 못한 회원들에게는 공연히 마음의 부담만 안겨준 것 같아 미안하고 아쉽다.

전문작가도 아니고 정식으로 글쓰기를 배운 적도 없는 이들의 투박한 글이지만 진솔한 마음이 전해질 수 있다면 더없는 기쁨이 될 것이다. 의산포럼 회원 글 모음집이 세상에 나오기까지 여러 모로 애쓴 분들에게 깊은 감사의 인사를 올린다.

2021년 6월

의산 이종휘(義山 李鍾輝)

차
례

2부 삶은 선택의 연속이다

1부

세 상 의

모 든

창

'아호'로 불러줘

/ 이종휘

내가 은행장으로 재직하는 3년 동안 한 달에 한 번 꼴로 다양한 체험행사를 했다. 그중에는 경마장을 방문해 승마 강습을 듣고 직접 말을 타보는 행사도 있었다. 그 밖에 노래 교실을 찾아가 노래 잘 부르는 법을 배우거나 요리 전문가와 함께 몇 가지 음식을 만들고 먹어보기도 했다. 은행 업무와 관련 없는 행사로 여길 수도 있겠으나 이따금 팍팍한 일상 은행 업무에서 벗어나 색다른 체험을 해보면 업무 능률을 높이는 데 도움 되리라는 믿음에서 시행한 정책이었다.

2011년 정초에 본점 연회장에서 경영진과 머리를 맞대고 함께 세운 새해 경영 목표와 아호를 붓으로 정성껏 써보는 '휘호(揮毫) 행사'를 개최했다. 사업본부의 임원 각자에게 주어진 한 해 동안의 경영 목표 달성 의지를 담은 사자성어나 짧은 글, 그리고 아호를 저마다 직접 쓰게 하고 낙관(落款)으로 마무리한 뒤 차례로 돌아가면서 자기가 쓴 글의 뜻과 각오를 밝히도록 하는 행사였다. 내가 알기로, 이는 은행은 물론이고 일반적인 기업에서도 결코 흔치 않은 특별한 이벤트였다.

그도 그럴 것이 붓글씨를 써본 경험이 있는 임원이 몇이나 되겠으며, 설령 써봤다 하더라도 대부분 수십 년 전 학창 시절에 몇 번 써본 것이 전부일 가능성이 크기 때문이다. 그런 터라 우리는 명망 높은 서예가 두 분을 초빙해서 원 포인트 레슨을 받기도 했다. 모두 처음엔 당황스러워했으나 이내 적응하는 눈치였다. 아무튼, 당시 그 이벤트에 참여한 모든 임원에게 2011년의 휘호 행사는 분명

신선한 체험의 시간이었으며 오랫동안 기억에 남는 특별한 일이지 않았을까. 조용히 먹을 갈면서 그 향을 몸소 느껴보고, 붓으로 한자(漢字)나 한글을 정성껏 써보는 것은 그 자체로 특별하고도 가치 있는 체험이리라.

당시 나는 두 가지 기본 취지로 '휘호 행사'를 기획했다. 첫째, 새해를 맞이하면서 한 해 사업 목표 달성의 각오를 다져보도록 하기 위해서였다. 둘째, 그 기회를 활용해서 임원들 각자가 자기 아호를 하나씩 갖도록 하기 위해서였다.

임원 상호 간 호칭을 은퇴 후에도 현직 때의 직급이나 직책으로 부르게 될 터인데, 난 그것이 조금은 어색하지 않을까 생각했다. 그 연장선에서, 당시의 동료들이 은행을 떠난 뒤 서로를 아호로 부르면 나름대로 운치도 있고 인간관계에도 도움 되리라 믿었다. 실제로 은퇴한 지 벌써 십여 년이 지난 요즘 우리는 모두 자연스럽게 서로를 아호로 부르고 있다. 전화할 때나 문자 보낼 때, 대화할 때 아호를 사용하다 보니 심지어 본명이 생각나지 않을 때가 더러 있을 정도다.

나는 의산(義山)이라는 아호를 지인에게서 받았다. 뫼 산(山) 자가 들어가는, 조금 흔한 아호지만 오히려 평범해서 더 좋다. 은행장 또는 은행장님 대신 '의산' 또는 '의산 선생'이 듣기에 부담스럽지 않고 친근감도 느껴진다. 의산포럼 회원 35명 중에서 '산' 자를 쓰는 이가 나 외에 성산(誠山), 가산(嘉山), 현산(賢山), 준산(俊山), 소산(素山), 운산(雲山)으로 여섯 명이나 더 있다. 20퍼센트나 된다.

본명 외에 다른 이름을 가진 사람이 주위에 의외로 적지 않다. 그 사람의 생김새나 인품, 성격 등의 특징에 따라 남들이 지어 부르는 별명(別名)을 가진 사람도 많다. 문인이나 학자, 화가 대다수는 필명(筆名)이나 예명(藝名)을 가진다. 특히 언론에서는 대통령을 비롯한 사회 저명인사에게 본인 이름의 영문 이니셜을 애칭으로 사용하기도 한다. JP, DJ, YS, MB 식으로 부르기도 편하고 기억에도 오래 남아 좋은 것 같다. 내 어머니의 택호(宅號)는 '대일댁'이다. 대일이라는 이름은 어머니의 친정 동네 이름이다. 어릴 적 시골 동네 아주머니는 시집오기 전에 살던 마을 이름을 택호로 쓰고, 이를 이름을 대신해 불러주는 풍습이 있었다.

아호는 서로 허물없이 부를 수 있도록 지은 이름이다. 이를 '호'라고 줄여 부르기도 한다. 사실 옛적에는 시(詩), 문(文), 서(書), 화(畵) 작가들이 주로 사용했지만 지금은 일반인 중에도 호를 가진 분이 많다. 조선 후기 실학자이며 서예가인 김정희는 우리가 잘 아는 추사(秋史) 외에도 오백 개가 넘는 호를 가지고 경우에 따라 마음에 드는 것을 골라 썼다고 한다.

아호를 짓는 데는 나름의 기준이 있다. 현재 살고 있거나 과거 인연이 있는 장소를 참고하는 경우, 자신이 이루고자 하는 소망의 뜻을 담아 짓는 경우, 자신이 현재 처한 환경이나 여건을 참작해서 짓는 경우, 소중히 간직하고 있는 것이나 좋아하는 것을 아호로 삼는 경우 등이다. 이런 기준에 따라 스스로 짓기도 하지만 부모나 스승, 친구가 지어주는 것이 보통이다.

본명 외에 남의 아호를 하나 더 기억하는 것이 때론 쉽지 않다. 하지만 상대방을 아호로 불러주면 편할 때가 많다. 팍팍한 세상살이에서 부드럽고 친밀감 있는 인간관계를 유지하는 데에도 도움이 되지 않겠는가. 자신의 품성이나 분위기를 잘 드러내는 아호를 누구나 하나쯤 가질 만하지 않은가. 아호로 서로 불러주는 문화가 자리 잡고 널리 퍼져나가기를 기대해본다.

의산포럼 회원 35명 아호

우청(又靑) 강원, 도원(道園) 구철모, 천정(千井) 금기조
성산(誠山) 김경완, 수류(水流) 김계성, 가산(嘉山) 김병효
인하(仁厦) 김시병, 창애(蒼涯) 김양진, 비고(備考) 김장학
북천(北川) 김종근, 현산(賢山) 김종운, 덕전(德田) 김종천
만우(晩又) 김진석, 경원(景園) 김철호, 혜수(慧修) 백국종
상월(上月) 서만호, 석정(石井) 손근선, 준산(後山) 유중근

하운(夏雲) 이순우, 고담(杲倓) 이종인, 의산(義山) 이종휘

운암(雲岩) 이창식, 소산(素山) 전규환, 자원(紫園) 전성찬

운산(雲山) 정징한, 박암(博岩) 정화영, 동하(同夏) 조덕제

청담(淸潭) 조용흥, 갈목(渴木) 조현명, 해광(海光) 최만규

우석(友石) 최승남, 의담(意潭) 최종상, 임천(林泉) 최칠암

긍촌(肯村) 황 록, 화타(和妥) 홍성대

의산 이종휘

호는 의산. 경북 달성에서 태어났다. 2008년 6월 우리은행장으로 취임한 뒤
정도경영(正道經營), 정도영업(正道營業)을 주창하며 늘 올바른 길을 찾고 걸
었다. 은행장을 마친 뒤에는 미소금융재단 이사장, 신용회복위원회 위원장
등을 맡아 소외되고 어려운 이들을 위해 헌신했다. 의로운 기개가 우뚝 솟아
있는 거산고봉을 닮고자 '의산'이란 호를 지었다. 자신의 호처럼 옳은 것만이
바른 길로 인도해줄 수 있다는 믿음을 갖고 몸과 마음을 잘 돌보며 지낸다.
2010년에는 우리은행이 사랑하는 시 111선 『우리는 모두 무엇인가가 되어』
를 펴냈다. 그해는 우리은행 창립 111주년이 되는 해였다.

아내의 유언을 따르지 않은 까닭

/ 김장학

사람이 세상에 태어나 결혼하고 가정을 이루고 아이를 낳고 사는 동안 이따금 힘든 일을 겪는다. 그중에서도 가장 힘든 일은 아내와의 사별이 아닌가 싶다. 더구나 큰 병에 걸려 죽음의 순간이 차츰 다가오고 생명의 기운이 점점 사그라져가는 과정을 겪는다는 것은 말로 표현하기 어려울 만큼 고통스러운 일이다.

나는 1982년 12월 12일 12시 30분에 결혼하여 2002년 4월 2일 오후 2시 10분까지, 그러니까 19년 20여 일간 아내와 소중한 시간을 함께했다.

아내 이름은 김영란이다. 그녀는 내 어머니의 초등학교 제자였다. 그랬기에 나는 아내의 어린 시절부터 세상을 떠나기까지의 모습을 오롯이 보아온 거의 유일한 사람이다.

고향 후배이기도 한 아내와 나는 결혼하여 아들 둘을 낳았고 행복하게 살았다. 그러던 어느 날 갑자기 불행이 찾아왔다. 당시 나는 은행에서 RM 제도 도입 프로젝트를 총괄하고 있었기에 그야말로 눈코 뜰 새 없이 바빴다. 얼마 후 RM 제도가 어느 정도 안정을 찾자 3박 4일 가족여행 계획을 세웠다. 오랫동안 격무로 심신이 지쳐 있던 터라 몸과 마음을 추스르며 가족 간 화목을 다지는 계기로 삼고 싶었기 때문이다. 그런데 그것이 아내가 함께하는 우리 가족의 마지막 여행이 되리라는 걸 당시에는 상상도 하지 못했다.

제주로 떠난 가족 여행은 참으로 행복한 시간이었다. 차귀도 해상에서 고등어 낚시를 했고 성산 일출봉을 함께

올랐다. 여행 내내 아내는 쉴 새 없이 잔기침을 했으나 감기이겠거니 하며 대수롭지 않게 여겼다.

제주도 여행을 다녀온 뒤 우리 가족은 평상시 생활로 돌아갔다. 아내의 잔기침은 여전히 멈추지 않았지만 심각하게 생각하지 않았다. 그러다가 불현듯 상황이 심상치 않다는 생각이 들어 아내와 함께 한림대병원을 찾아가 진찰을 받았다. 결과는 충격적이었다. 폐암 말기이며 흉수가 기침의 원인인데 치료가 안 되면 1년을 넘기기 어렵다고 했다. 하늘이 무너져 내리는 것만 같은 절망감이 엄습해왔다. '우리에게 주어진 1년 남짓한 이 절체절명의 시간을 어떻게 보내야 하나?', '아내가 영원히 내 곁을 떠나고 나면 내 앞에는 어떤 삶이 기다리고 있을까?' 온갖 생각이 뇌리를 스쳐 지나갔다. 나의 현실이 참으로 슬프고 참담했다.

수많은 생각 끝에 머릿속에 단 한 가지 생각이 또렷해졌다. 어떻게든 아내를 살려야 한다는 것! 오직 그 하나만 생각하며 밀고나가기로 했다. 이후 나는 폐암에 관한 다양한 책과 병을 이겨낸 사람들의 후기를 빠짐없이 찾아 읽었다. 그리고 나름대로 치밀하게 계획을 세우고 실행에 옮기기 시작했다. 우선, 병을 이기려면 무엇보다 기초체력이 중요하다는 생각에 함께 꾸준히 걷고 또 걸었다.

다른 한편으로, 국내 첫손으로 꼽히는 삼성병원에 예약해 재검사를 받았다. 재검 결과 역시 폐암 말기였으며 양쪽 폐에 암조직이 생겨 칼을 댈 수 없는 상태라고 했다. 어쩔 수 없이 약물치료에 의존해야 했다.

나는 첫 번째 암 치료 주사를 맞고 집에 와서 누워 지내는 아내를 돌보면서 고3 아들과 고1 아들 녀석의 뒷바라지를 했다. 아내는 아내대로 나는 나대로 고통스러운 시간의 연속이었고 감당하기 힘든 상황이었다. 한 움큼씩 빠지는 아내의 머리카락을 볼 때마다 가슴이 무너져 내렸다. 마치 끝이 보이지 않는 캄캄한 터널에 갇힌 듯 암담하기만 한 날들을 어떻게 헤쳐 나가야 할지 마땅한 방법을 찾을 수 없었다.

당시 새로운 치료법으로 주목받던 '온열치료'를 받아볼

생각에 아내와 함께 일본을 다녀오기도 했다. 그러나 역시 차도는 없고 점점 쇠약해져만 가는 아내를 보면서 또다시 하늘이 무너지는 것 같은 절망감에 사로잡혔다.

발병 후 7개월 되던 무렵부터 통증을 느끼기 시작한 아내는 5분 취침 30분 통증이 이어지는 고통스러운 밤을 보냈다. 그때마다 일으켜 세웠다 눕히기를 반복하다 보면 동쪽 하늘이 희뿌윰하게 밝아오곤 했다. 잠을 제대로 못 자 무거워진 머리와 찌뿌듯한 몸으로 아내를 처가에 맡긴 채 출근했다. 그런 생활이 지속된 지 몇 달 만에 내 몸무게는 10킬로그램이 줄었다.

아내의 생이 막바지에 이르렀다는 신호가 여기저기서 나타났다. 암세포는 뇌까지 전이되었고, 방사선 치료 후 물을 마시면 피를 한 컵씩 토해냈다. 그럴 때마다 기력은 점점 더 쇠잔해져 갔다.

창가에 따스한 햇볕이 비쳐드는 어느 날이었다. 아내는 햇살이 포근한 거실에 누운 채 내게 옆에 누우라고 했다. 내가 눕자 아내는 가녀린 손으로 내 손을 잡고 죽기 전에 한 가지 부탁할 일이 있다고 말했다. 자신은 이제 더는 살아서 나와 함께할 수 없을 것 같으니 자기가 죽으면 9년 동안만 혼자 지내다가 재혼하라는 거였다. 아내는 왜 9년 이라고 말했을까? 대략 그 즈음이면 둘째아들이 대학 생활과 군대 생활을 모두 마치고 사회에 진출할 시점이기 때문일 것이었다.

의사가 예측한 대로, 폐암 말기 진단을 받은 후 11개월 이 지났을 무렵 나의 아내 김영란은 나와 두 아들의 통곡 소리를 들으며 조용히 숨을 거두었다. 2002년 4월 2일 오후 2시 10분경의 일로, 그녀의 나이 43세였다.

남겨진 우리 가족의 삶은 예전 같지 않았다. 아내가 '없 는' 생활을 상상조차 하기 싫었으나 잔인한 현실은 나를 배려해주지 않았다. 아내가 없는 것보다 아픈 아내가 있 는 것이 훨씬 좋다며 "어떻게든 살려야 해"라고 격려해주 던 한 선배의 말씀이 새삼 절실하게 다가왔다. 퇴근 후 아 내가 없는 빈 집에 들어서면 허전함과 쓸쓸함이 밀물처럼 밀려들었다.

아내의 유언을 따르지 않은 까닭

아내가 없는 가정에 하나둘 문제가 생기기 시작했다. 당시 고2였던 둘째 녀석이 고등학교를 자퇴하겠다고 했다. 담임선생님과 함께 수없이 달래도 보고 설득도 해보았으나 소용이 없었다. 자퇴 후 검정고시를 보겠다며 끝내 학교를 그만두고 말았다. 큰아들은 성균관대 사회계열 1학년에 재학중이었는데, 학교도 가지 않고 시험도 제대로 치르지 않아 1학기 모든 과목이 과락이었다. 캄캄한 터널에 갇힌 듯 암담한 생활은 계속되고 있었다.

한편 그 무렵 은행에서는 RM 지점장에서 본부의 BPR 부장으로 발령이 내려졌다. 본부에서의 생활은 여러 면에서 영업점인 지점과 차이가 있었다. 자연스럽게 은행의 많은 분들을 만날 수밖에 없는 구조였다. 내 사정을 아는 분들은 만날 때마다 나의 안타까운 현실을 걱정하면서 이런저런 질문을 하며 걱정해주었다.

"식사는 어떻게 해결하세요?"

"애들은 잘 지내나요?"

"……?"

그들의 애정 어린 관심이 오히려 내게 커다란 스트레스로 다가왔다. 몇 달 동안 나는 같은 질문에 같은 답을 고장 난 녹음기처럼 반복했다. 그쯤 되다 보니 사람을 만나는 일 자체가 두렵고 싫었다. 한번은 평소 친분 있는 옆 부서의 동료 부장에게 나의 어려움을 얘기하면서 앞으로 나와 같은 신세인 친구나 친척이 생기더라도 절대 그런 질문은 하지 말라고 당부했다. 훗날 은행의 임원이 되었을 때 한 임원에게서 '아내가 없는데, 소위 '밤 문제'는 어떻게 해결하느냐'는 황당한 질문까지 받고 참으로 마음이 아프고 슬펐다.

많은 우여곡절을 겪는 사이 시간은 한순간도 게으름 피우지 않고 강물처럼 꾸준히 흘렀다. 그동안 슬픔과 아픔의 시간도 많았지만 여러 선배와 동료, 친구들의 도움으로 어려운 시간을 잘 이겨낼 수 있었다. 특히 은행에서는 2008년 12월 본부장이 되고, 2년 후 단장을 거쳐 부행장까지 승진하는 행운과 영광을 누렸다.

2010년 12월 안성연수원에서 신임임원 워크숍이 열렸을 때의 일이다. 신임임원들이 각자 소감과 각오를 말하는 시간이었는데, 드디어 내 차례가 왔다. 나는 한참 동안 말을 잇지 못하고 엉엉 울기만 했다. 그 순간, 불현듯 죽은 아내의 얼굴이 떠올랐기 때문인 것 같다. 살아 있었다면 지금쯤 나의 아내 영란은 어떤 모습을 하고 있을까? 그리고 얼마나 늙었을까? 지금 그녀가 내 앞에 있다면 뭐라고 말했을까? '당신, 죽기 전 제가 부탁한 일들을 잘 지키고 있나요?'라고 묻지 않을까? 아내를 둘러싼 이런저런 생각이 뇌리를 스쳐 지나가자 그리움과 설움이 복받쳐서 서럽게 울 뿐 한마디도 할 수 없었다.

2021년, 아내가 세상을 떠난 지 어느덧 20여 년의 시간이 흘렀다. 돌이켜 보니 그녀와 함께 살았던 기간과 엇비슷한 시간이 쏜살같이 지나가버린 것이다. 한동안 말썽을 부렸던 아들 녀석들은 둘 다 결혼하여 자식 낳고 행복하게 잘살고 있다. 많은 분이 내게 '이젠 재혼해야 하지 않냐?'라며 진심으로 걱정해주지만 나는 아내가 내 곁을 떠난 뒤 한 번도 재혼을 생각해보지 않았다. 나의 모든 열정과 사랑을 내 아내 김영란에게 주었기 때문이다.

몇 년 전, 아내가 세상을 떠난 뒤 15년 넘게 소중히 간직해온 그녀의 옷과 신발, 시집올 때 가져온 이불, 둘이서 주고받았던 500여 통의 편지를 모두 불태웠다. 이젠 그대 그리고 나의 눈물을 닦을 때이기에. 비록 불태운 일기장에 적혀 있던 33년 전 아내가 꿈꾸어왔던 '소망 속 노후대책'은 모두 수포로 돌아갔지만……

끝으로, 1988년 2월 29일 행내신문에 실린 아내 글을 덧붙인다.

내 소망 속 노후대책

앙증맞고 깜찍한 여자아이들을 보면 내 시선은 항상 그곳에 머물게 된다. 큰애를 낳을 때 '아들'이라는 간호원의 말에 가슴 가득히 차오르는 뿌듯함을 느꼈고, 둘째 아이 역시 씩씩한 남아로 귀엽고 든든하지만 나는 늘 딸을 향한 그리움에 목말라 한다. 가족계획 시책에도 어긋나고 더구나 요즈음은 '한 자녀만 낳기' 캠페인을 벌이는데 두 아이를 둔 내가 딸 하나를 더 낳기를 바라는 건 말 그대로 욕심이리라. 지극히 당연한 이성의 소리에 딸 하나만 더 낳고 싶다는 생각은 움츠러들고 만다.

남편 또한 나의 '득녀' 제안에 반대를 한다. 두 아이면 충분하다는 것이다. 그러나 나는 딸을 갖고 싶다는 생각을 떨쳐버릴 수 없다.

딸이 성장했을 때를 생각하면 그러한 마음은 더욱 간절해진다. 엄마의 친구처럼 다정스레 얘기도 나누고, 엄마의 마음도 헤아려주고 아빠와는 못다 나눈 모녀만의 이야기도 있을

32

것 같고, 즐거운 나들이도 함께 가는 모습을 상상해보면 나의 욕심이 결코 지나친 것만은 아니라는 생각까지 든다.

친정어머니에게서 느끼는 애틋함과 따사로움, 뭉툭하지만 진솔한 타이름을 나도 딸에게 주고 싶다. 어머니는 언제나 내 마음의 지주가 되어 안타까움과 의지로서 가슴 가득히 남아 계신다. 어머니에게 항상 부족하고 가냘픈 딸자식이지만, 어머니처럼 나도 내 딸에게 사랑 어린 타이름을 주고 싶고 정담도 나누고 싶은 것이다.

우리 부부는 특별한 노후대책은 마련해놓지 못했지만 서로에 대한 사랑과 믿음 속에서 아이들이 잘 자라도록 북돋아주는 것이 노후대책의 지름길이라고 생각한다. 옛말에도 있지 않은가. 자식농사가 우리 인생의 가장 큰 수확이라고.

노년에 들어 부부가 함께 정담을 나눌 수 있고 필요할 때 달려와줄 수 있는 자식들이 있다면 더없이 행복한 여생을 보내게 될 것이다.

때때로 격의 없이 지내는 고부간을 접하면 마음에서 우러나는 찬사를 보낸다. TV나 기타 월간지 등에서 종종 보는 사

아내의 유언을 따르지 않은 까닭

이좋은 고부간의 모습에는 무조건적인 존경을 표하지 않을 수 없다. 시어머니 입장에서는 노후를 충만하게 지내실 수 있는 좋은 수확을 거둔 셈이고 자식인 며느리 입장에서는 부모님께 효도하면서 2세에게 몸소 실천으로 효를 가르친 현명한 여성상이기 때문이다.

이제 두 아들만을 둔 어머니로서 먼 훗날 맞이하게 될 두 며느리에게서도 딸 같은 사랑스러움을 느끼고, 딸처럼 사랑해 줄 수 있는 부덕(婦德)을 성실하게 쌓는다면 내 노후대책은 잘 되었다고 자부할 수 있을 것이다. 그날을 위해 내 자질을 성숙시키는 건강한 생활을 해갈 수 있도록 노력해야겠다.

남편과 함께 찻잔을 마주 놓고 낙조를 바라보며 정담을 나누는 멋진 노년을 꿈꾸며 자식들이 항상 즐거움과 자랑으로서 우리의 가슴에 있고, 웃음과 화목으로 가정을 꾸려가는 내 소망 속의 노후대책을 부끄럽게 펼쳐보았다.

비고 김장학

전남 완도에서 태어났다. 중·고등학교와 대학교 모두 광주에서 다녔다. 우리은행을 거쳐 광주은행장(2013. 9~2014. 11)을 역임했다. "행함이 없으면 얻는 것도 없다(行不無得)"라는 사자성어를 마음에 담고 산다. 인생의 한가운데쯤에서 아내가 세상을 떠나는 아픔을 겪었다. 미국의 토마스 홈스와 리처드 레이 교수가 1967년에 발표한 '생애 사건표 및 사회 재적응 평가 측도'에 따르면 생애 사건 중 배우자의 죽음이 스트레스 지수가 제일 높다고 했다. 배우자의 죽음 스트레스 지수가 100이라면 이혼은 73, 가까운 가족의 죽음은 63 정도다. 이런 스트레스를 잘 이겨내며 직장생활도 멋지게 마무리했고 두 아들도 훌륭히 키워냈다. 호는 비고.

먼 길을 나서면 누구나 한 번은
길에서 크게 운다

/ 이창식

산은 하나인데 사람의 눈은 만 가지다

먼 길을 다녀올 때마다 순례 목적을 꽤 진지하게 묻는 사람들이 있다. 많은 사람이 순례길을 걷지만 걷는 이유는 각기 다르다. 2016년 4월의 산티아고 순례길에서 한 순례자를 만났다. 산티아고 세 번째 순례길에 나섰다고 자신을 소개한 오리건 주 출신의 그 미국인은 "순례하는 이유는 순례자 수만큼 많은 것 같다"라고 했다. 내가 순례를 떠난 이유를 굳이 말한다면 내 자신의 일상에서 체험할 수 없는 낯섦을 경험하고 싶어서였다. 평소부터 고은 시인의 「낯선 곳」이라는 시를 유별나게 좋아했는데 이것이 내 순례의 시작이었는지도 모른다.

떠나라
낯선 곳으로

아메리카가 아니라
인도네시아가 아니라
그대 하루하루의 반복으로부터
단 한 번도 용서할 수 없는 습관으로부터
그대 떠나라

(중략)

그리하여

먼 길을 나서면 누구나 한 번은 길에서 크게 운다

할머니조차

새로움이 되는 곳

그 낯선 곳으로

(후략)

먼 길을 나서면 누구나 한 번은 길에서 크게 운다

순례는 결코 쉬운 길이 아니다. 첫날부터 우는 사람도
있고 좀 더디게 우는 사람도 있지만 꼭 한 번은 크게 운
다. 800킬로미터 산티아고 순례길에서 첫날 무너진 사람
중에 중앙일보 정진홍 전 논설위원이 있다. 그는 2012년
4월에 산티아고 순례 첫날 해발 1,400미터 피레네산맥을
오르면서 크게 울었다. 나 역시 첫날부터 여지없이 무너
졌다. 역설적이지만, 그래서 다시 일어설 수 있었다. 어린
아이들의 경우 '소리샘'에 소리가 흘러넘쳐 말문이 터지
듯이 순례자들도 고통의 최고점인 임계점이라는 '눈물 고
개'를 넘어서야만 발걸음이 터진다.

인체는 참 신비롭다. 부서져 내릴 것 같은 뼈마디의 고통을 참고 한 걸음 한 걸음 앞으로 나아가면 자신과 지형, 지구의 중력과 자전의 속도를 감안하여 자기만의 보폭을 찾게 된다. 우리 몸은 신비롭게도 체중과 키, 자갈길과 흙길, 오르막길과 내리막길 등을 감안하여 최적의 속도를 자기 발에 장착시킨다. 그 최적화된 속도로 걷다 보면 몸의 통증이 거짓말같이 사라지고 호흡도 편해지고 리듬감을 타게 된다. 걷는 것이 아니라 미끄럼을 탄다. 리듬의 힘으로 가는 것이다. 김연아 선수가 한창 시절 연습을 할 때마다 한 번의 화려한 비상을 위해 천 번의 점프를 한 것은 최적의 리듬감을 얻기 위한 훈련이었다.

그래도 순례가 아름다운 것은
'풍광'과 '사람'이 있기 때문이다

호흡이 편해지고 리듬감이 생기면 우리 눈이 걷기에 최

적화가 되어, 걷기가 이제는 '스쳐 지나가는 것'이 아니라 '바라보는 것'이 된다. 내 몸과 마음속에 켜켜이 쌓인 지층이 하나둘 벗겨져 나가고, 그동안 보이지 않았던 것이 보이기 시작한다. 풍광이 보이고 사람이 보이기 시작한다. 5월 산티아고의 파란 하늘과 녹색의 밀밭을 걷다 보면 보다 높은 존재에 의해 압도당하는 느낌을 갖게 된다. 예술가가 자기가 색칠하고 조각한 것 안에서 자신을 나타내 보이는 것과 같이, 예술가이신 하나님은 자신의 창조물 안에서 자신을 나타내 보이신다. 로마서 1장 20절의 말씀이 풍광으로 보이고, 시편 8편의 말씀이 찬양이 되어 나온다. 또한 그 아름다운 평원의 밀밭을 수직으로 오르내리면서 순례자에게 청량제 역할을 하는 새가 '괴테가 사랑한 새'인 종달새라는 것을 알게 되어 젊은 시절에 외우곤 했던 로버트 브라우닝의 시 「피파의 노래(Pipa's Song)」를 아늑한 기억 속에서 소환해낸다.

한 해는 봄으로 시작한다

하루는 아침으로부터

아침은 7시로부터

언덕의 이슬은 진주처럼 빛나고

종달새는 하늘을 날고

달팽이는 땅을 긴다

주님은 살아 계시니

오늘도 모든 일은 잘되리라

순례 길에는 늘 맑은 미소로 힘을 북돋아주는 사람들이 있다. 특히 한 달 순례 기간 중 네다섯 번을 만난 미국인 변호사 존과 스위스 여성 자네트가 기억난다. 힘든 구간을 마치고 마을 길목 카페에서 쉬어 가려고 둘러보면, 일본 작가 후지와라 신야의 『돌아서면 언제나 네가 있었다』라는 책 제목처럼 두 사람이 꼭 '엄지 척' 하며 풍경처럼 앉아 있었다. 그때마다 정현종 시인의 「사람이 풍경으로 피어나」라는 시가 생각나 엄치 척, 미소 척 하며 답례를 보내곤 했다.

먼 길을 나서면 누구나 한 번은 길에서 크게 운다

사람이

풍경으로 피어날 때가 있다

앉아 있거나

차를 마시거나

잡담으로 시간에 이스트를 넣거나

그 어떤 때거나

사람이 풍경으로 피어날 때가 있다

그게 저 혼자 피는 풍경인지

그건 잘 모르겠지만

사람이 풍경일 때처럼

행복한 때는 없다

산책 사랑으로 유별난 영국인들은 사람은 드나들고 가축은 도망가지 못하도록 장치된 산책로 입구를 '키싱 게이트(kissing gate)'라고 부른다. '입술을 살짝 대다'라는 이름처럼 실제로 영국인은 키스의 시작 같은 설렘으로 이 문을 열고 산책을 시작한다고 한다. 시골길 산책은 목초지, 날아가는 새, 풀 뜯는 말, 부드러운 바람과의 친절한 만남을 선사한다. 나뭇잎 사이로 투영되는 햇빛을 느끼며 걷다 보면 가끔 작은 마을도 지나간다. 마주치는 주민들은 웃는 얼굴로 친절하게 인사를 건넨다. 길을 걸을 때는 시간의 질도 다르게 느껴진다고 한다.

산티아고 순례길을 다녀온 사람들은 그곳을 또 걷고 싶어 한다. 다시 예전의 똑같은 일상이 반복되면서 순례길에서 경험했던 '나 혼자만의 시간'을 잃어버렸기 때문인지도 모른다. 산티아고를 다녀온 후 길 위의 순례만 순례가 아니라는 사실을 깨달았다. 하루하루 내 삶의 일상을 열심히 살아가는 것이 순례가 될 수 있음을 알았다.

　매일 새벽예배를 마친 후 나만의 '키싱 게이트'를 열고 아파트 단지 안의 작은 숲길로 나선다. 상쾌한 새벽 공기를 마시며 자연의 생명력과 에너지를 호흡한다. 은잎 동전 같은 새벽달, 연두색 잎새에 이는 바람, 노랗게 핀 산수유, 매화의 향을 보고 느끼고 마시며 체조와 스트레칭으로 몸을 풀어준다. 어느새 현관문 앞에 배달된 조간신문 세 부를 감사한 마음으로 집어 들고 집으로 들어와 곧바로 주방으로 향한다. 끓는 물에 수란 두 개를 삶고, 사과 하나를 깎아 두 쪽으로 나누고, 식빵 두 쪽을 발뮤다 토스터에 굽고, 커피 두 잔을 내린다. 아내를 깨우고, 함께 신문을 보고, 아침을 먹으며 이런저런 얘기를 나눈다. 어느덧 아내를 위한 이웃사랑을 실천한 지 6년. 이제 나의 가장 중요한 일상의 순례 중 하나가 되었다.

* 본문 속 시 출전

고은, 「낯선 곳」, 『내일의 노래』(창비, 1992)
정현종, 「사람이 풍경으로 피어나」, 『나는 별 아저씨』(문학과지성사, 1978)

운암 이창식

본적은 서울. 서울에서 대학교까지 모든 학업을 마쳤다. 호는 운암. 평생직장이었던 은행을 떠난 그해 겨울, 혼자 국토순례에 나섰다. 남쪽 끝 해남에서 휴전선 앞 통일 전망대까지 800킬로미터를 골똘히 생각하며 걸었다. 몇 년 뒤, 스페인 산티아고 순례도 다녀왔다. 이런저런 다양한 생각과 도전과 성찰을 담은 책을 두 권 펴냈다. 계열사 대표를 역임했고, 깊은 신앙심으로 대형 교회의 일꾼으로서 인생 후반기를 보내고 있다.

딱 이만큼만의 행복

/ 최칠암

아련하게 알람이 울린다. 잠 속에서 꿈이려니 하며 돌아눕는데 창문이 희붐하게 밝아온다. 또 선물 같은 새날의 시작이다. 얼굴에 찬물을 찍어 고양이 세수를 하고 간편한 옷을 찾아 입는다.

문을 나서니 아직 컴컴한 하늘에서 맵싸한 바람이 불어오지만 발길을 저절로 나를 맞을 준비를 마쳤을 '시크릿 가든(Secret Garden)'으로 향한다. 시절이 시절인지라 강변에 이르는 골목길에는 인적이 드물다.

몸에 열기가 올라 축축해질 즈음 강변에 다다르면 오늘따라 물안개 자욱한 강물 위로 아직 꺼지지 않은 불빛이 너울너울 춤추고 있다. 아무도 없는 자그만 편백나무 숲이 향내를 풍기며 오도카니 나를 기다린다. 숲 가장자리에 바짝 붙여 놓은 벤치는 강물을 바라보기에 안성맞춤인, 이른바 배산임수의 명당이다. 앞으로 펼쳐진 파릇한 잔디밭의 풀잎에는 막 떠오를 햇빛에 영롱하게 빛날 이슬이 방울방울 맺혀 있다. 나는 좌정하고 스르르 눈을 감는다.

'부디 딱 이만큼만의 행복을 누리게 하소서!'

집 근처에 유황온천이 있다. 십수 년 전에 개발되었지만 내가 알게 된 것은 일 년 전 쯤으로, 근래에 들어 이 온천장을 애용하는 것이 내 삶을 살 만하게 해주는 것의 하나가 됐다. 강변에서 돌아온 나는 간단히 아침 식사를 하고 오전 느지막이 차비를 마치고 나선다. 온천장으로 가는 버스를 두고 일부러 걷는다.

알싸한 공기가 뺨을 파고들지만 짐짓 서둘러 걷는 다리 근육에 힘이 바짝 들어가는 느낌이다. 한바탕 출근 전쟁의 회오리바람이 스쳐 간 텅 빈 거리를 지나 온천장에 이를 즈음이면 콧등에 땀이 송골송골 맺히고 등도 촉촉이 젖어 온다.

평일 오전의 온천장은 한산하다. 옷을 벗고 간단히 샤워한 후 탕 안에 얼른 몸을 맡긴다. 40도의 따끈하고 매끈한 온천수가 온몸을 감싸면 스르르 반눈을 감고 천장을 쳐다본다. 그러고는 기도 비슷한 주문을 읊조린다.

'부디 딱 이만큼만의 행복을 누리게 하소서!'

이시형 박사의 7·5법칙(7분간 입욕 후 5분간 휴식)을 3회 실시한 뒤 샤워를 마치고 휴게실로 나온다. 온 몸에 묻은 온천수가 자연스럽게 마르기를 기다리며 전신 거울에 온몸을 비쳐본다. '이 나이에 이 정도(?) 몸이라니!' 나르시시즘에 젖어 자신을 격려하노라면 몇 안 되는 사람들의 시선이 느껴지는 것도 같다. 온천을 마치고 날아갈 것 같은 기분으로 되짚어 오는 길에는 또 다른 기쁨이 기다리고 있다.

일가족이 의좋게 운영하는 것으로 보이는 소박한 집의 칼국수를 먹는 기쁨이 그것이다. 주문을 하면 바로 밀가루 반죽을 해서 끓여 내오는 손길에 정성이 가득하다. 우선 칼국수의 뜨거운 국물을 한 숟갈 떠서 빈속을 녹인다. 그러고선 야들야들하고 쫀득한 면으로 차츰 속을 채우고 나면 또다시 기도 비슷한 것이 절로 읊조려질 지경에 처한다.

'부디 딱 이만큼만의 행복을 누리게 하소서!'

칼국수의 구수한 맛을 반추하는 동안 집에 도착한다. 고요한 집안의 정적이 나를 맞는다. 냉장고에서 마시다 만 '샤르도네' 한 잔을 잔에 따라 쭉 들이켜고 라디오를 켜면 마침 슈베르트의 아르페지오네 소나타가 흐른다. 책상 앞 안락의자에 몸을 파묻고 꿈과 음악 사이로 막 들어가려는데 또다시 기도 비슷한 것이 읊조려진다.

'부디 딱 이만큼만의 행복을 누리게 하소서!'

딱 이만큼만의 행복

오늘 저녁에는 아내가 특식을 준비했다. 특식이라고 해서 물론 진수성찬은 아니다. 소박하지만 내가 특히 좋아하는 가자미 구이인데, 생물 가자미를 손질해서 튀김가루를 입혀 프라이팬에서 튀겨 내는 것이다. 노릇하고 쫀득하게 굽혀진 가자미의 뜨거운 껍질과 찬 샤르도네의 마리아주는 환상 이상이다. 한입 가득 가자미 흰 속살과 샤르도네 한 잔을 채우고서 이제 오늘 마지막으로 가난하고 행복한 주문을 외워본다.

'부디 딱 이만큼만의 행복을 누리게 하소서!'

임천 최칠암

대구가 고향이다. 대구에서 태어나 초·중·고등학교와 대학까지 줄곧 고향
에서 자라고 배웠다. 호는 임천. 언제 어디서나 목마름을 잊게 해주는 숲속
의 맑은 샘물처럼 누구에게나 도움이 되는 사람이기를 꿈꾼다. 이름 끝 자인
岩(바위)과 林(숲), 泉(샘물)은 평화롭고 조화로운 자연의 모습을 떠오르게
한다. 은행과 계열사의 고위직을 거쳤지만 도드라지지 않고 남들에게 자신을
내세우지도 않는다. 아호와 이름처럼 자신의 삶도 꿋꿋하게 한 매듭, 한 매듭
씩 잘 엮어가고 있다.

이불 당기기

/ 김계성

해린이는 유아원에 다닌다. 아침
에 조금 늦게 출근하는 아빠가 데려다주고, 오후에 할머
니가 데리고 온다.

"아빠, 발이 안 들어가."

유아원 주차장에 도착하자, 해린이가 차에서 잠시 벗었
던 신발을 다시 신으려고 하면서 문제가 생겼다. 차에서
가지고 놀던 장난감 조각이 신발에 들어간 것이다.

"잘 신어봐."

"발이 아프단 말이야."

"신발이 작아져서 그래. 잘 넣어 보라니까."

아빠의 말에 힘이 들어가자 다섯 살 해린이는 아빠의 말을 듣지 않으면 안 된다는 것을 알았다. 신발 속에서 무엇인가가 발가락을 누르는데도 신발 속에 발을 억지로 집어넣었다.

그날 오후, 할머니를 보자마자 해린이는 지금도 발가락이 아프다면서 아침에 일어난 일을 제법 소상하게 이야기해준다. 할머니는 짠한 마음에 해린이를 꼭 안아준다.

오늘 회사에서 회식이 있다고, 좀 늦을 테지만 늦어도 10시까지는 오겠다고 한 애 엄마는 감감무소식이다. 전화해도 받지 않는다.

혹시나 해서 애들 집으로 전화를 했더니 사위가 받는다. 잠자다가 일어난 목소리다. 월급 두둑하고 안정적인 좋은 직장을 그만두고 인터넷 사업을 한다고 매일 밤늦게 귀가하던 사위가 오늘은 모처럼 일찍 퇴근해 그동안 밀린 잠을 자고 있었던 모양이다.

이불 당기기

"어, 자네 일찍 들어왔군. 애 엄마 집에 있어?"

"모르겠는데요. 해린이랑 자고 있겠지요."

"해린이는 아직 여기에 있는데……."

"아, 네…… 그럼 아직 안 들어왔나 봅니다."

의욕적으로 시작한 사업이 생각처럼 잘 안 되어 몸도 마음도 힘들 거라는 건 짐작하지만 그래도 가정에 너무 무심한 사위에게 화가 난다. '자네는 집에 누가 있는지 없는지 관심도 없는가?'라고 질책을 하려다가 참고 만다. 사위의 선한 얼굴이 떠오른 것이다.

좀 더 기다리다가 11시가 다 되어 딸에게 전화를 건다. 지금 택시 잡는 중이라면서 꽤 취한 목소리로 친정엄마에게 투정을 해댄다. 술에 취한 탓인지 그동안 마음속에 담아두었던 서운함이 많았던 탓인지 격앙된 목소리가 수화기를 통해 흘러나온다.

"내 맘 알아주는 사람이 이 세상에 누가 있어?"

"왜, 택시까지 이렇게 안 잡히는 거야!"

친정엄마도 그간 참고 참았던 짜증을 전화기에 대고 딸

에게 쏟아낸다.

"빨리 안 들어와. 난 술에 취해 거리에서 비틀거리고 다니는 여자 정말 싫더라."

그렇게 서로 다투면서라도 딸과 엄마는 서로를 보듬어 안는다.

다음 날 아침, 할머니는 할아버지에게 전날 있었던 일을 이야기하면서 이렇게 넌지시 귀띔한다.

"애들을 불러다 따끔하게 한번 이야기해야 하지 않겠어요?"

"응! 그래, 그랬구나!"

할아버지는 이렇게 말하고는, 끝이다. 매번 그래왔다. 그러나 지켜만 보아주어도 충분하다는 할아버지의 생각이 이번엔 하마터면 흔들릴 뻔했다.

해린이는 평일이면 날마다 유아원에서 할머니가 데리고 집으로 온다.

"해린아, 발 아직도 아파?"

"응, 여기."

"그럼, 아픈데도 억지로 신발 신게 한 아빠 혼내줄까?"

"안 돼."

"그럼 술 먹고 늦게 온 엄마 혼내줄까?"

"안 돼. 절대 안 돼."

해린이는 여전히 아빠엄마 편이다.

오늘도 해린이는 할아버지와 이불 당기기 시합을 한다. 이불 양쪽을 잡고 당기기를 하면 매번 할아버지는 해린이 앞으로 고꾸라진다. 그럴 때마다 해린이는 배를 내밀며 득의양양해 한다.

"할아버지, 나 유아원에서 나물 많~이 먹었거든."

웃는 얼굴

/ 김계성

"안녕하세요!" "어서 오세요!" "무엇을 도와드릴까요?"

객장 밖에서 CS(Customer Satisfaction) 리더가 선창하면 객장 안 직원들이 90도로 인사하면서 따라 하는 소리다. 당시에는 매일 CS 교육을 받고 나서 업무를 시작했다.

임원이 되어서도 CS 교육을 받았다. 지위가 위로 올라갈수록 표정이 굳는다나. 그래서 입을 크게 벌리고 웃는 연습도 하고, 입술 꼬리를 위로 올리고 있는 모습을 서로에게 보이면서 교정도 하였다. 임원 교육프로그램에 2시간 정도 맛보기로 넣은 교육이라서 표정이 금세 고쳐질 리는 만무하지만.

그러나 나는 CS라는 본래의 취지보다는 지나치게 형식적으로 치우치는 것이 내심 못마땅했고, 인위적이고 가식적인 행동을 쉬 받아들이지 못하는 성격인 나에게 CS 교육은 그 자체로 어색함이요 지루함이었다.

많은 사람이 참석하는 조찬 모임이나 예식장에 가면 원탁 테이블에 열 명 정도 앉게 된다. 아는 사람도 있지만 처음 보는 사람이 대부분일 때가 더 많다. 서로 데면데면하지만 본체만체 휴대폰만 만지작거리며 앉아 있다. 더욱 안 좋은 경우는 몇 사람은 서로 알고 있어서 자기네들끼리만 이야기하는 탓에 혼자 멀뚱멀뚱 앉아 있을 때다. 한 다리 건너고 두 다리 건너면 모두 알 만한 사람들일 텐데.

언제부터인가 내가 먼저 인사를 건네기로 하였다.

"안녕하세요! 빨간색 넥타이가 결혼식장 분위기에 참 잘 어울리시네요."

그 지루했던 CS 교육 덕분에 조그마한 물건에 칭찬의 말까지 곁들여 인사를 건넨다. 먼저 인사를 해보면 상대 방도 기다리고 있었다는 듯이 답이 온다. 그래서 화기애 애해지면 더 좋겠지만 최소한 서먹서먹하던 느낌은 사라 진다.

최근 단독 주택에서 살다가 아파트로 이사를 왔다. 이 사 와서 하기로 한 것 중 하나가 엘리베이터를 타다가 만 나는 사람에게 내가 먼저 인사를 하는 것이다. 그런데 신 기하게도 거의 모든 사람이 똑같이 반응한다. 누구도 먼 저 나에게 인사하는 사람은 없지만 내가 먼저 인사하면 처음에는 이상하다는 듯 쳐다보다가 엘리베이터에서 내 릴 때는 꼭 인사를 하고 내리는 것이다. 그러면 괜히 흐뭇 해지고 기분도 좋아진다.

얼마 전 수필 선생님이 '이러저러한 이야기를 하면 다 른 선생님들은 얼굴에 감정 표현이 그대로 배어 나오지만 나의 얼굴은 경직되어 있다'라고 하였다. 나도 여러 이야 기를 들으면서 은근한 미소를 짓고 있다고 생각했는데 얼굴은 여전히 딱딱한 채로 굳어 있었나 보다.

단순히 얼굴만 풀리지 않은 것은 아닐 것이다. 속내를 그대로 다 내보일 수 없는 경직된 조직에서 오랫동안 생활하면서 굳어진 습관에서 여전히 벗어나지 못하고 있기 때문이리라 자위도 해보지만 여전히 자기 생각에 함몰된 것은 아닌지, 모든 일에 너무 이성적으로만 접근하려 하는 것은 아닌지 돌이켜보았다.

그러다가 이 또한 너무 심각하게 생각하는 것이 아닌가 하는 생각이 들면서 문득 CS 교육이 떠올랐다. "조그마한 일일지라도 과장되고 가식적이라 생각하지 말고 자주 웃고 크게 웃으세요. 그렇게 웃다 보면 얼굴이 저절로 웃는 모습으로 변합니다"라고 한 CS 교육 담당자의 말도.

"나이가 들어서 포근한 얼굴 모습을 가지고 있는 사람을 보면 참 좋더라"라고 아내에게 은근히 내 희망사항을 이야기하곤 한다. 나는 그 어색해하던 CS 교육부터 더 받아야 할 성싶다.

납작한 섬 납도

/ 김계성

                     통영에서 욕지도, 연화도 가는 길에 납작하고 조그마한 섬이 있다. 납도다. 가장 높은 곳이 해발 35미터에 불과한 낮은 섬이지만 수백 년 된 동백나무로 빼곡한 고목 군락지다. 1950년대에는 우장춘 박사에 의해 감귤 재배 최적지로 지정되어 감귤을 시험 재배한 숨은 역사를 간직한 섬이기도 하다. 1970년대까지만 해도 이 섬에는 80여 명이 살았고 학생도 10명 남짓 되어서 초등학교까지 있었다. 그러나 젊은이들은 하나둘 섬을 떠나고 노인들은 세상을 떠나면서 결국 사람이 살지 않는 섬이 되었다. 졸지에 무인도가 되어버린 것이다.

통영으로 가는 섬학교 버스는 오전 7시 출발이다. 평일보다 두 시간 정도 일찍 일어나 아내까지 기사로 동원하여 지정된 장소에 15분 일찍 도착했다. 버스에 탑승하니 이번 여행에 동행할 분들이 거의 다 와 계신다. 맨 뒷자리로 가면서 슬쩍슬쩍 쳐다보니 매번 느끼는 것이지만 다들 참 선해 보인다. 섬 여행을 다닐 수 있을 만큼의 여유가 얼굴에 나타나는 것일까?

통영에 도착하니 11시쯤 되었다. 조금 이른 시간이지만 요즘 제철인 물메기국으로 점심을 하고 미륵도 중화항으로 향했다. 중화항은 여객선이 들고나는 항구가 아니다. 무인도인 납도에 정기여객선이 운항하지 않기에 중화항에서 적당한 낚시배를 대절해야 했다.

좁은 선실에 16명이 들어가 앉았다. 차가운 바닥에 자리를 잡고 이불을 나눠서 무릎까지 덮고 앉자 대부분 초면인 낯선 얼굴의 서먹함이 도리어 조금은 가시는 것 같다. 무릎까지일망정 한 이불 덮었다는 동질감이 작용한 탓일까? 어쩌면 납도 탐방을 함께한다는 동료의식 같은 것이 작용한 것이리라.

30분여 분 달려온 배가 속도를 줄이다가 웬 갯바위에 배를 댄다. 납도의 접안 시설이 대부분 소실되고 갯바위에 콘크리트 구조물이 일부 남아 있어 그곳에 배를 댄 것이다. 배에서 내리니 생각보다 길의 원형이 잘 남아 있다. 비록 섬에서 사람은 사라졌으나 삶의 흔적은 그리 쉽게 사라지지 않는 법이다. 동백나무 사이로 난 섬길에는 칡넝쿨이 우거지고 잡초가 무성해졌지만 한겨울 낙엽이 진 뒤에는 길의 모습이 확연히 드러나고 걷기에도 나름대로 정취가 있었다.

길에 들어서자 금세 곳곳에서 삶의 흔적을 찾아볼 수 있다. 숲에 가려진 채 방치되어 있는 집 마당에는 나무들까지 무성하여 꽤 세월이 흘렀음을 여실히 보여준다. 그렇기는 해도 냉장고며 쌀통 등이 그대로 남아 있어 뭍으로 나들이 간 그네들이 금방이라도 돌아올 듯하다. 교회로 보이는 건물을 지나 왕대나무 터널을 통과하면 학교 건물이 나타난다. 교문 앞 작은 돌판에는 월량초등학교 납도분교 교목과 교화를 설명해주는 글자가 희미하게 남아 있다. 교목은 팔손이나무, 교화는 동백꽃, 그리고 쉴 새 없이 깔깔대고 조잘댔을 아이들……. 잠시 그 삶의 생동감을 머릿속에 그려본다. 아이들이 없어지고 학교가 문을 닫으면 섬은 이미 죽은 섬이다. 학교가 없으면 젊은이들이 더는 섬에 들어오지 않기 때문이다.

학교를 돌아 나오면 또다시 동백나무로 둘러싸인 길이 나타난다. 납도의 길은 대부분 동백나무 고목 사이로 나 있다. 섬 반대편쯤 왔나 싶은데, 조금 전 내렸던 선착장이다. 줄곧 앞으로만 걸었는데 벌써 섬을 한 바퀴 돌아온 것이다.

자연에 맡겨진 섬은 한없이 자유로워지고 풍요로워졌다. 사람이 살지 않게 된 것이 섬의 생태계에는 오히려 축복이 된 셈이다. 길가로 이어지는 동백나무 고목 군락은 더욱 장대해졌고, 왕대나무는 하늘을 찌르며 높은 곳으로 그 영역을 넓혀가고 있었다. 그러나 아직 군데군데 남아 있을 거라 기대했던 감귤나무는 우거진 숲에 가려 그 자취조차 찾기 어려웠다. 그네들끼리의 치열한 경쟁에 밀린 것이리라.

느릿느릿 걸어도 한 시간 남짓이면 다 돌아볼 수 있을 정도로 작은 섬이지만 삶의 연민과 자연의 아름다움을 오롯이 느껴볼 수 있는 아름다운 섬이었다. 천혜의 절경은 아니지만 울울창창 군락을 이룬 동백나무 숲길을 걸을 수 있었던 것만으로도 의미가 있었고, 인적이 없어진 섬 모습을 그대로 볼 수 있어서 많은 생각을 하게 하는 섬 여행이었다.

아듀 납도!

수류 김계성

전남 순천이 고향이다. 순천에서 고등학교까지 다녔고 서울에서 대학을 졸업
했다. 은행 임원을 마치고 은퇴한 뒤 시간이 날 때마다 섬 여행에 나섰다. 그
동안 다녀온 섬이 100여 곳이 넘는다. 찾아간 섬마다 느꼈던 감정과 기억을
차곡차곡 기록하고 있다. 집에서 전통 막걸리를 담그는 일에도 공을 들이고
있다. 모임이 있는 날이면 잘 빚은 막걸리를 챙겨서 가져가곤 한다. 정성들여
담근 막걸리는 즐겁고 웃음과 정감이 넘치는 모임을 자연스레 만들어낸다.
호는 수류.

그날도 봄이었다

/ 황록

어머니는 진달래가 만발한 3월에, 아버지는 배꽃이 눈부시게 아름다운 4월에 세상을 떠나셨다. 하루도 두 분을 떠올리지 않는 날이 없지만 따사로운 봄 햇살이 비치면 애절한 그리움이 한없다.

삶을 평가하기는 이르지만 우리 세대가 대부분 그렇듯 나의 평탄한 오늘은 아버지의 끝없는 관심과 어머니의 헌신적인 보살핌의 결과가 아닌가 한다.

아버지는 일제시대에 상주에서 보통학교를 졸업하고

서울로 유학 와서 선린 상업학교(제25회)를 수석 졸업하셨다. 1932년의 일이다. 당시 선린 상업학교 수석 졸업생은 조선은행(오늘날의 한국은행)에 추천 입행하는 전통이 있었는데, 아버지는 세계적 대공황의 여파로 조선은행 채용이 없었으나 다행스럽게도 한성은행(조흥은행의 전신)에 입행할 수 있었다고 한다. 그때 취업이 안 된 동기들은 경성전문 상학부(지금의 서울상대)에 입학했는데, 결과적으로 전화위복이 된 셈이었다. 해방 후 고위직에 오르는 행운까지 얻게 되었기 때문이다.

해방 후, 아버지는 조선은행에 가지 못한 회한을 뒤로한 채 혼란한 서울을 떠나 고향 상주로 낙향하여 교육자의 길로 나서셨다. 1949년의 일이다. 이후 아버지는 상주 남산중학교에서 학생들을 가르쳤고, 1952년부터 교장으로 재직하셨다. 그 뒤 1970년 상주 공업고등학교를 설립했고, 1976년 2월에 교육계를 떠나셨다.

부끄러운 얘기지만, 아버지는 서울 친구분들의 자녀들처럼 형들을 명문 중학교에 입학시키고자 했으나 이루지 못하셨다. 큰형은 대구사범학교, 둘째 형은 경북대 사대 부고를 졸업하는 것으로 만족하셔야 했다. 막내였던 나는 아버지의 마지막 기대주였다. 아버지는 나를 서울의 명문 중학교에 입학시키고자 전력투구하셨다. 그 연장선에서 5~6학년 내내 과외를 받게 하셨고, 그러한 아버지의 노력에 부응하여 나는 늘 전교 1등을 도맡아 하다시피 했다.

1968년, '7·15해방'이라 불리던 '서울, 중학교 입시 추첨제' 발표로 부득이 나는 대구로 진학할 수밖에 없었다. 경북과 대구 지역에서 이름난 경북중학교에 응시했다. 또래들이 경험했던 체력장시험에 자신이 없어 걱정했는데, 다행히도 합격하였다. 상주에서 초등학교를 졸업하고 경북중학교에 합격한 것은 '7년 만의 경사'라고 화제가 된 기억이 난다.

이 글을 쓰는 이유는, 어린 시절 서울 유학을 통해 신교육의 중요성을 누구보다 피부로 느끼셨던 아버지에 관해 얘기하기 위해서다. 아버지는 자식들의 교육에 남다른 열정과 노력을 쏟아부으셨을 뿐 아니라 그것이 성공에 한발

다가갈 수 있는 길이라 여기셨던 것 같다. 또한 당신이 일
생을 바치셨던 은행과 교육계에서 자녀가 일하게 되기를
간절히 원하신 근원이 된 게 아닌가 싶다. 물론 여기에는
일제시대 때 부산여상을 졸업하고 농업은행에 근무하셨
던 어머니의 '은행 사랑' 영향도 빼놓을 수 없다.

결국, 좋은 공부 기회와 환경을 만들어주신 부모님의
뜨거운 사랑과 열정을 토대로 함께 공부하며 새 길을 알
려준 주위 많은 분들의 관심과 도움 덕분에 오늘의 내가
있는 것이 아닐까 생각해본다.

그날도 봄이었다. 나는 1986년 3월 충무로 지점 대리(현
재의 과장 직급)로 승진했다. 두 분의 기대에는 미치지 못하
지만 그래도 은행에 취직하여 승진하였다고 기뻐하셨다.
그러면서 '도장은 화장실 갈 때도 꼭 가져가야 한다'는 등
몇 가지 유용한 가르침도 주셨다.

그러던 어느 날, 바쁘게 결재하다가 문득 객장을 보니
두 분께서 깔끔한 정장을 차려입고 앉아서 흐뭇하게 미소

지으며 나를 지켜보고 계셨다.

두 분이 떠나신 이 봄에 두 분의 한없는 사랑에 조금이나마 보답한 게 있었는지, 부모 노릇은 잘하고 있는지, 소중한 지인들에게도 잘하고 있는지 돌아본다. 벚꽃의 화사한 모습이 좀 더 오래 가길 소망한다.

그렇다!

긍촌 황 록

경북 상주가 고향이다. 중·고등학교는 대구에서, 대학은 서울에서 다녔다. 호는 긍촌. 조선 초 세종 시절 명재상으로 이름난 선조인 황희 정승을 본받으라고 부친이 지어주었다. 황희 정승의 호는 방촌(厖村)으로 긍촌은 '방촌을 이어받다'라는 의미다. 은행과 금융지주 임원을 마치고 계열사 대표를 역임했고, 후일 금융공기업 이사장까지 올랐다. 항상 밝고 온화한 얼굴로 마주하는 사람에게 편안한 느낌을 주며 모임을 유쾌하게 만든다.

참 좋은 내 고향

/ 최만규

나는 봄이 있는 우리 고향이 좋다.

집집마다 붉게 피는 영산홍의 화려함이 좋고, 하얗게 피는 불도화의 점잖은 자태는 내 영혼을 사로잡는다. 잠시 짬을 내어 뒷산에 올라보면 거기에도 불그레한 진달래와 노란 개나리가 고운 모습으로 나를 반겨주곤 한다. 또 고개는 숙이고 있지만 화려한 색으로 화장하고 살며시 웃고 있는 할미꽃은 입고 있는 옷도 부드러워 나이 든 엄마와 같이 포근하다. 동네 논밭에는 겨우내 얼음과 눈

밑에서 숨죽이던 냉이가 머리를 살포시 내밀면 아낙들과 어린아이들이 호미와 소쿠리를 들고 봄의 향기를 맛보기 위해 분주히 손을 놀리며 재잘거리는 정겨움이 있어서 좋다. 사내들이 풍성한 가족의 삶을 위해 논과 밭을 갈아 엎고 뿌려대는 거름의 향긋한 냄새가 있어서 좋다.

일 년의 시작을 알리는 봄이 오면서 시작되는 시골 동네의 용트림에 덩달아 나도 바빠진다. 텃밭을 뒤엎고 겨우내 얼어 딱딱해진 흙을 보드랍게 하여 새싹이 쉽사리 머리를 내밀 수 있도록 해주고, 또 온갖 거름을 뿌려 땅에 양기를 주어 뿌리가 튼실하게 자리 잡을 수 있도록 환경을 마련해준다. 이렇게 봄을 맞다 보면 잔뜩 움츠러들었던 내 몸은 어느새 튼튼한 건강미를 풍기고 모든 근육이 농부 흉내를 내기 시작한다. 동네 어귀에서 트랙터가 재즈 음악을 하듯 소음을 내며 밭을 간다. 그럴 때면 밀짚모자를 눌러쓰고 밭 기슭에 슬며시 다가앉아 이것저것 참견하다가 아낙네가 가져오는 새참에 합석하여 막걸리 한 잔을 마시고 감자 부침개를 집어 먹는데, 그 맛은 어디에도 비길 수 없는 감미로운 선율이다.

이즈음은 온갖 산나물이 선을 보이는 때이기도 하다. 내가 제일 좋아하는 두릅 순이 올라오며 내뿜는 향은 없던 입맛도 돌아오게 하고 달래를 품은 된장찌개의 구수함이 밥상에 감칠맛을 더한다. 마당 옆 계곡에 널려 있는 다래나무와 뽕나무 새순은 뜨거운 물에 데쳐서 말리면 겨울에도 봄의 신선한 향내를 만끽할 수 있어 더없이 좋은 반찬이 된다.

나는 여름이 있는 우리 고향이 좋다.

봄에 뿌린 씨앗이 파란 머리를 보이는가 싶으면 금새 초여름으로 접어든다. 이때쯤이면 자연의 모든 살아 있는 것들이 활발하게 활동하며 풍요로운 내일을 향해 쉼 없이 영역을 확장한다. 산까치와 박새도 마당가 나뭇가지에 둥지를 틀어 암놈은 알을 품고 있고 수놈은 열심히 먹거리를 구해 나르면서 가장으로서의 역할을 충실히 한다. 들고양이 가족도 새끼들을 데리고 양지쪽에 나와 따사로운 햇빛을 즐기며 꾸벅꾸벅 졸곤 한다. 봄에 심었던 각종 채

소와 과일들도 성장해서 이제 밥상에 오르기 시작한다. 바람 잘 통하는 그늘에 들마루를 펴고 앉아 싱싱한 상추로 쌈을 싸고 통통한 고추를 쌈장에 찍어 입을 채우면 달달한 맛이 세상 부러울 것 없다.

초여름이 지나고 햇볕이 따가워지면 시원한 나무 그늘 밑에 누워 잘 익은 찰옥수수로 하모니카를 불면 흥이 저절로 난다. 한낮의 더위가 편한 낮잠을 깨우면 시원한 계곡물에 몸을 담구어 한껏 올라간 체온을 식혀준다. 여름은 어릴 적 동네 친구들과 같이 놀던 추억을 많이 간직하고 있다. 소꼴을 베다가 더우면 마을 앞 강에 뛰어들어 온종일 멱 감으며 맨손으로 물고기를 잡아 검정고무신 양쪽에 가득 담아 집에 가져가면 엄마가 밭에 심어놓은 야채를 듬뿍 넣고 매운탕을 끓인다. 마당에 멍석을 깔고 잘 마른 쑥으로 모깃불을 펴놓고 온 식구가 둘러 앉아 저녁을 맛있게 먹으며 도란도란 이야기꽃을 피우던 그 시절 여름의 추억이 좋다.

한여름 밤 무더위가 지속되면 동네 어귀에 있는 아름

드리 느티나무 밑에 아이들이 모여 장난을 치며 놀다가 배가 출출해지면 옆 동네로 참외며 수박이며 심지어는 닭까지 서리를 해 먹고 시침을 뚝 떼던 그때가 그리워지곤 한다. 지금은 정답던 형제들도 자주 볼 기회가 없고 그렇게 같이 놀던 어릴 적 친구들도 모습이 기억에서 사라져 아쉽다.

나는 풍요로움이 있는 가을의 우리 고향이 좋다.

여름 내내 더위와 잡초와 씨름하다 보면 어느새 아침저녁으로 선선한 가을이 찾아온다. 곡식들은 저마다 이듬해 봄 새싹을 틔우기 위한 열매를 잉태하기 시작한다. 농부들은 이 열매를 풍성하게 하기 위해 여름내 거름을 주고 잡초와 싸우며 온갖 노력을 다한다. 그리고 늦가을이 되면 풍성한 가을걷이를 기대하며 농부어천가로 희로애락을 노래한다. 이때쯤이면 곳간에서 인심 나듯 사람들도 후해진다. 이웃사촌들은 호박이며 팥이며 무엇이든지 나누어 주려는 끈끈한 정으로 동네를 훈훈하게 만들고 사과밭에서는 덤을 듬뿍듬뿍 주며 지나가는 이들의 발길을 멈

추게 한다.

마당 한쪽에 있는 단풍나무와 은행나무에 고운 색깔이 입혀졌다. 잠시 짬을 내어 뒷산으로 단풍놀이를 가본다. 온 산이 울긋불긋 화려한 옷으로 갈아입었다. 형형색색 등산복으로 치장한 등산객이 단풍과 어우러져 내 옆을 스쳐 지나간다. 모두가 행복하고 즐거운 표정이다.

이제 겨울 채비를 해야 한다. 여름에 심었던 배추와 무가 무척이나 먹음직스럽게 컸다. 김장 날을 잡아 딸들과 사위를 집합시키면 어린 쌍둥이 손주들까지 덤으로 따라온다. 그 옛날 어렵다던 백년손님을 불러 하루 종일 중노동을 시키면 요즈음도 사돈들이 싫어할까? 아들이 없으니 역지사지가 불가능한 것을 어찌하랴. 그래도 비싼 횡성한우로 듬뿍 영양 보충을 해주니 괜찮을 듯하다. 밭에 들어가 배추를 뽑기 시작하자 이내 어린 손주들이 훼방을 놓는다. 자기들이 다 뽑겠다고 어깃장을 놓고는 할아버지는 앉아 있으라나……. 일이야 늦어지겠지만 싫지만은 않은 것이 손주들이 주는 기쁨인가 싶다. 이런 향내가 나는

참좋은 내 고향

고향 가을의 정취가 마냥 좋다.

나는 추위가 있는 하얀 고향이 좋다.

가을걷이와 김장을 마치고 나면 높은 지대에 있는 우리 고향은 곧바로 겨울이 온다. 겨울은 제대로 추워야 다음 해 병충해도 없고 농사도 잘 된다는 동네 어르신들의 말씀을 하늘이 알아들었는지 우리 고향은 영하 25도까지 기온이 내려가는 혹독한 추위가 계속되는 날이 많다. 보일러에 기름을 꽉 채우면 곳간에 곡식을 가득 채운 듯 마음이 푸근해지며 포만감마저 느껴진다. 어릴 적에 동네 아이들과 땔감을 찾아 눈 덮인 뒷산을 헤매던 시절이 문득 생각난다. 옛날에는 왜 그렇게 눈이 많이 왔는지 겨우내 눈과 씨름한 기억밖에 없다. 밤새 마당에 쌓인 눈을 빨리 치우라던 엄마의 채근이 늦잠의 고소함을 앗아가버리곤 했지만 지금은 아침에 일어나 눈 쌓인 마당을 볼 때마다 엄마의 그 목소리가 듣고 싶어 잠깐 눈시울이 붉어진다. 동네 아이들과 땔감을 하기 위해 낫을 들고 뒷산으로 올라가지만 나무는 뒷전이고 하루 종일 눈밭에서 썰매를 타고 놀며 가끔은 계곡 눈 속에 빠져 허우적거리는 산토끼를 잡아 바비큐를 해서 몸보신을 하기도 했다. 설날이 되면 동네 사람들이 마을회관에 모여 새해 인사를 나누며 한해의 무병장수를 빌어주기도 하고 외지에 나가 있던 자손들은 모처럼 동네 어르신들에게 자신들의 성공을 뽐내면서 한턱 쏘기도 한다. 하지만 옛날처럼 북적거리는 분위기는 사라진 지 오래 되어 갈수록 아쉬움이 커 간다.

설이 지나고 고향을 방문했던 자손들이 썰물처럼 빠져나가면 마을은 또다시 어르신만의 천국이 된다. 매일 아침 마을회관에 모여 함께 점심과 저녁 끼니를 해결하고 시시콜콜한 이야기에도 재미있어 하며 하루를 보낸다. 설날 한턱 쏜 자식의 부모들은 어깨를 으쓱이며 자식 자랑에 시간 가는 줄 모르기도 하고 어려움이 있는 이웃에게는 같이 아픔을 나누면서 시골 마을의 긴긴 겨울을 보낸다. 이런 정이 있는 우리 고향이 더없이 좋다.

나는 어린 시절에 도시로 이사해 복잡한 도시환경에 적응하느라 오랫동안 고향을 잊고 살아왔다. 그러다 보니

참좋은내고향

들과 산을 함께 뛰어놀던 그 친구들의 모습이 나도 모르게 하나하나 눈앞에서 사라져갔던 것 같다. 요즈음 옛 동무들을 수소문해서 만나보곤 하지만 왠지 불알친구 같은 느낌이 들지 않는다. 아마 그 친구들도 나와 같을 거라는 생각이 든다. 내 아내의 소꿉친구들이 지금까지 끈끈한 우정을 나누는 모습을 보면 한없이 부러워진다.

퇴직을 앞둔 휴일 어느 날, 우리 부부가 노후를 어떻게 보낼 것인가에 대한 고민이 나를 엄습했다. 도시의 삭막함이 힘들게 할 때마다 고향에 가서 텃밭을 가꾸고 꽃의 향기를 마시며 살고 싶다는 생각을 가끔 했지만 퇴직과 결부되니 더욱 절실해졌다. 아내와 상의한 뒤 고향에 땅을 사고 머무를 집을 완성하니 이제 평안하게 고향에 안주할 수 있을 것 같다. 아내와 함께 이 집에서 고향의 훈훈한 정과 맑은 공기를 마시면서 건강하게 오래오래 살고 싶은 소박한 꿈을 가져본다.

해광 최만규

호는 해광. 본적은 충북 보은이다. 원주에서 초등학교, 중학교를 다녔고 고등학교와 대학은 서울에서 다녔다. 은행 퇴임 후 중국법인 대표로 베이징에서 3년간 생활했다. 한국으로 돌아온 뒤에는 어린 시절 뛰놀던 고향이 못내 그리워 그곳에 새로 집을 지었다. 이제는 서울과 고향을 오가며 농사짓고 이웃들과 서로 따뜻한 정을 나누며 새로운 삶을 이어가고 있다. '귀거래사(歸去來辭)'를 노래하곤 하지만 그동안 축적된 경륜을 필요로 하는 어느 기업에서 사외이사의 중요한 역할을 맡겼다.

오늘도 고마운 하루

/ 구철모

　　　　　　　　모임에서 함께 출간할 에세이 원
고를 한 편 보내달라고 한다. 난감하기 그지없다. 그도 그
럴 것이 학창 시절 숙제를 제출하느라 쓴 글과 은행 다니
며 업무상 쓴 각종 품의서, 신청서, 협의서, 보고서 등을
빼면 제대로 글을 써본 기억이 없기 때문이다. 하얀 종이
를 눈앞에 두고 펜을 잡고 있으니 머릿속은 텅 비어 있는
데 마음만 분주해진다. 내 삶을 담은 글을 쓰자니 이 나이
에 속마음을 들키지나 않을까 하는 걱정도 생기고 쑥스러

운 마음이 드는 것도 사실이다. 그럼에도 용기를 내어 지금의 내 인생을, 그리고 소소한 일상의 조각들을 해변을 거닐며 조가비를 줍는 마음으로 써볼까 한다.

집을 나와 길 하나만 건너면 영장산과 나지막한 종지봉, 맹산으로 이어지는 산책로가 기다리고 있다. 기분 전환이나 사색을 위해서든 건강해지려는 목적에서든 걷기에 이만한 환경이 또 있을까 싶을 정도로 근사한 산책로다. 나는 거의 매일 한두 시간 남짓 그 길을 따라 사색에 잠겨 걷곤 한다. 주로 평일에 다니다 보니 산책로는 마치 절에 온 듯 조용하고 한가롭다. 야트막한 야산의 소나무들을 지나쳐 이름 모를 작은 새와 길동무하며 걷다 보면 길가에 난 풀 한 포기도 정겹고 나를 괴롭히던 번민도 사라지고 마음이 호수처럼 잔잔해진다.

그런 숲길을 혼자 걸을 때면 갈수록 희미해져 가던 나 자신의 존재감이 또렷해지는 듯 느껴지며 마음이 느긋하고 편안해진다. 간밤에 서리라도 내린 듯 머리카락 절반이 흰색으로 바뀌어버린 나이. 인생 황혼녘에 혼자 조용

오늘도 고마운 하루

히 걸으며 한가로움을 즐기고, 사색에 잠기고, 삶의 의미
를 되짚어보는 일상이 내겐 더할 나위 없이 소중하다. 그
러면서도 한편으로 주름지고 거칠어진 내 얼굴과 손등을
보며 왠지 모르는 고마움과 미안함이 밀려온다. 아마도
내 나이 즈음을 보내고 있는 많은 사람이 공통으로 느끼
는 감정이 아닐까.

누군가가 이런 말을 했다. "산을 오를 때는 정상만 보이
지만 산을 내려갈 때는 인생이 보이고 세상이 보인다"고.
등산을 닮은 젊은 시절의 힘찬 도전과 하산을 닮은 은퇴
시기의 넓은 시야와 지혜를 위의 글보다 멋지게 표현해낸
말이 또 있을까.

부모의 보살핌을 받던 유년기, 학창 시절, 군대생활, 그
리고 은행에 들어가 하나하나 온몸으로 부딪치며 직장생
활하던 시절……. 산책을 하다 보면 지난 몇십 년간의 일
이 주마등처럼 머릿속을 스친다. 체계적이고 규율화된 조
직에서 대부분의 시간을 보내고 막상 은퇴의 시간에 맞닥
뜨리고 보니 나 혼자만의 계획과 일정을 세우고 생활을

꾸리며 인생 2막을 만들어가는 일이 제법 묵직하게 다가온다. 왠지 조금 어색하고 부자연스럽고 불편한 마주침이라고나 할까.

혼자만의 새로운 출발과 도전은 언제나 호락호락하지 않다. 뭔가 비빌 언덕은 없는지 살펴보기도 하고, 숨이 턱에 닿도록 전력 질주해야 하는 육상 코스가 아니라 경치를 즐기며 편안하고 안전하게 걸을 만한 길은 없을까 궁리도 해보지만 마음처럼 쉽지 않다.

주위 사람들의 조언과 권유에 귀 기울이고 나의 관심과 강점을 살리려 노력하면서 새로운 일에 도전해보기도 한다. 그 연장선에서 시골에 조그만 터전을 마련해 생애 첫 시골 경험도 해보았고, 서예와 원예세계에 빠져보기도 했다. 그리고 요즘은 그림공부, 기타 연주, 바이크 면허 취득에 승마 훈련까지 하고 있다. 뒤늦은 다양한 인생 경험은 나에게 커다란 만족감을 주고 삶에 활력을 불어넣어주지만 역시 거기까지인 것 같다. 위대한 화가 파블로 피카소는 92세로 세상을 뜰 때까지 쉼 없이 사랑과 열정으로 영감을 불살랐다. 그랬기에 그는 인류가 영원히 기억하는 위대한 인물로 남은 게 아닐까.

피카소처럼 비범하지 않은 우리는 부족함과 아쉬움을 남긴 채 인생을 마무리하게 됨도 어쩌면 감사해야 할지 모르겠다. 다행히도 내가 살아낸 삶의 시간 속에는 전쟁 기억이 없고, 인생이 송두리째 뒤바뀌는 격변도 일어나지 않았다. 이 점 하나만으로도 참으로 고맙고 또 고마운 일이다.

몇 년 전, 가슴 아픈 일을 겪었다. 30여 년을 가깝게 지낸 친구 한 명이 갑작스러운 사고로 유명을 달리한 것이다. 게다가 엎친 데 덮친 격으로 그 사고의 충격으로 시름시름 앓던 그의 아내 역시 1년 후 어린 자녀 둘만 남겨두고 그의 곁으로 떠나버렸다. 참담한 일이 아닐 수 없었다. 요즘 가까운 지인들의 운명 소식을 접할 때마다 문득 살아 있다는 사실만으로도 감사할 일이라는 생각이 새삼 든다.

인생의 행복은 거창하지도 않고 멀리 있지도 않다. 매

사에 나쁜 마음 품지 않고 감사하는 마음으로 가족과 이웃과 지인들과 소주잔 기울이며 즐겁게 이야기 나누고, 골프 등 좋아하는 운동도 즐기고, 손수건으로 땀을 훔치며 산에 오르며 사는 삶이 바로 행복한 인생 아닐까! 그런 소박한 일상이 오래오래 지속되기를 소망해본다.

오늘도 나는 고마운 마음으로, 우리 집 베란다에서 진한 봄 향기를 뿜어내며 행복을 느끼게 해주는 크고 작은 정든 화분들을 바라본다. 비좁은 공간에서 서로 어깨를 마주치며 자라는 화분 속 새싹과 꽃과 잎과 줄기를 보며, 성장하며 아파하는 화분 속 생명들과 함께하며 물과 비료를 주고, 때로 약도 치며 기다림의 지혜를 배운다.

피카소처럼 특별하지도 비범하지도 않은 우리가 할 수 있는 일이란 주위 사람들에게 끊임없이 사랑을 베풀고 오래 기다려주는 게 아닐까. 어쩌면 인생의 결과와 정답은 우리의 영역이 아닌지도 모르겠다. 그저 우리에겐 오늘도 고마운 하루가 주어졌다는 사실 뿐!

오늘도 고마운 하루

도원 구철모

피난 중 부산에서 태어났고 대학교까지 모두 서울에서 마쳤다. 은행원이셨던 부친의 뒤를 따라 은행원의 길을 걸었으며, 늘 긍정적이며 활기찬 행동으로 부행장과 계열사 대표를 역임했다. 은퇴한 뒤에도 배움의 끈을 놓지 않고 계속 자신을 가꾸고 있다. 바쁘다는 핑계로 미루어두었던 취미생활을 즐기며 건강도 챙긴다. 두 딸 가운데 막내딸은 오랜 시간 동안 대안학교에 자신을 던지며 노력했다. 그 모습을 그저 지켜볼 수밖에 없던 아빠의 마음은 딸의 대안학교가 최근 영국 유명대학교로부터 중·고등학교 학력인정 '국제학교'로 인가받았다는 소식에 기쁨으로 채워졌다. 호는 도원.

물방개와 소금쟁이

/ 손근선

양재천이 탄천을 만나 하나 되는 곳 근처에 작은 연못이 있다. 노랑붓꽃과 갈대 등 키가 큰 식물이 잘 어우러져 있고 무성한 머리카락을 축 늘어뜨린 수양버들 그늘이 좋아 양재천에서 자전거를 타거나 산책하는 사람들이 즐겨 찾는 장소다. 헬스장 러닝머신 위에서 시간을 죽이기에는 날씨가 너무 아까운 주말이었다. 운동도 할 겸 연못에서 청순한 자태를 뽐내는 하얀 수련꽃이랑 이야기를 나누고 싶어 집을 나서 양재천으로 향했다.

수련꽃도 한더위를 피해 여름휴가를 떠났을까? 보름 전만 해도 연못 여기저기서 하얗게 웃고 있던 수련꽃이 한 송이도 보이지 않았다. 햇볕 따가운 물 위로 둥둥 떠 있는 수련 잎 사이로 소금쟁이들이 사뿐사뿐 뛰어다니며 작은 물결을 만들고, 연신 물속과 수면을 오르내리는 물방개들은 살짝살짝 흙탕물을 일으키고 있었다.

소금쟁이에게 말을 걸었다.

"얘야, 가만히 있어도 땀이 줄줄 흐르는데, 왜 폴짝폴짝 뛰고 있어? 물속에 들어가고 싶어 그러는 거야?"

"아뇨, 물속은 싫어요. 물방개가 그랬어요. 사람들이 놀러 와서 던진 쓰레기들이 물속에 다 쌓여 있어 너무 더럽대요. 또 연못가엔 멋지게 차려입은 사람들이 많이 오잖아요. 물속에서는 사람들이 잘 안 보일 뿐 아니라 재미난 이야기도 안 들린대요. 그리고 여긴 봄날엔 햇볕이 따뜻하고 가을에는 단풍이 너무너무 예쁜데 물속은 늘 춥고 어둡대요. 나는 여기가 더 좋아요. 그래서 매일매일 춤추는 거예요."

쉼 없이 수면과 물속을 오르내리는 물방개에게 물었다.

"물방개야, 너는 왜 자꾸 수면과 물속을 오르락내리락 하니? 물 위로 나오고 싶구나."

물 밖으로 입만 쏙 내민 채 물방개가 대답했다.

"아닌데, 물 위에 사는 친구가 걱정되어서 자주 올라오는 거예요. 소금쟁이 친구가 그러는데, 요즘 같은 한여름엔 물 위가 너무 뜨겁대요. 그리고 온종일 들리는 자동차 소리랑 사람들이 몰려와 웃고 떠드는 소리가 너무 시끄럽대요. 또 아이들이 놀러 오면 연못에 돌멩이를 던지곤 하는데, 정말 위험하대요. 며칠 전에는 아이들이 던진 돌멩이에 소금쟁이 한 친구가 맞을 뻔했대요. 그 돌에 맞았으면 그 친구는 틀림없이 죽었을 거래요. 그리고 물속은 늘 시원하고 비바람도 없잖아요. 차 소리도 안 들려서 얼마나 조용한지 몰라요. 그래서 나는 계속 물속에서 살 거예요. 물 위에서만 사는 소금쟁이가 불쌍해요."

상대방을 부러워할 줄 알았는데 정반대였다. 역지사지로 자신이 사는 환경의 단점을 장점으로 여기고 있었다.

"남의 잔디가 더 푸르러 보인다"와 "남의 떡이 더 커 보인다"라는 속담이 생각났다. 어리석은 사람들은 항상 미지의 세계를 동경하고, 멀리서 좋게 보이는 환경을 부러워하면서 그곳에 가고 싶어 안달한다. 그러나 막상 그 처지에 놓이거나 그 환경에 들어가면 오래지 않아 후회하면서 다시 원래의 자리로 돌아가고 싶어 발버둥을 친다. 어쩌면 소금쟁이와 물방개가 어리석은 인간보다 훨씬 낫다 싶었다.

남의 출중한 능력과 좋은 환경을 부러워하면서 시샘하기만 했을 뿐, 내가 가진 능력과 내가 속한 환경을 발전시키려는 노력엔 게을렀던 한 갑자(甲子)의 인생이 주마등처럼 머릿속을 스쳐 갔다.

석정 손근선

서울에서 태어났다. 서울에서 초·중·고등학교와 대학을 다녔다. 젊은 행원
시절에는 노동의 의미와 가치, 조합원의 권익과 화합, 상생 등 노동조합에 많
은 고민과 열정을 보였다. 그 결과 80년대 중·후반에 노조위원장으로 활동했
다. 그 후에는 은행 본연의 업무에 전념하여 은행 임원과 계열사 고위 경영진
을 역임했다. 지금도 경제 활동을 계속하면서 가끔 시도 쓴다. "겨우내 칼날
잎새로 / 칼바람 맞서던 춘란이 / 백기 꺼내 흔든다. // 누구의 핏물인지 / 하
얀 깃발의 연분홍 얼룩 / 닦지도 않은 채 / 모두가 승리자라는 듯 / 혓바닥 날
름거리며 / 봄 향을 내뿜는다." 그의 최근 자작 시 「춘란, 꽃 피다」 전문.

몸가짐을 바로잡아주는 '호'

/ 금기조

호(號)의 근원은 이름(名)을 공경하는 '경명사상(敬名思想)'에서 비롯되었다고 한다. 호는 일반적으로 '별호(別號)' 또는 '아호'라고도 하는데, 세상을 살아가면서 뭔가 뜻한 바가 있거나 마음이 가는 사물, 혹은 장소에 따라 어떤 의미를 취하여 스스로 짓거나 다른 이가 그 사람의 성격이나 인물 됨됨이, 혹은 살아가는 환경 등을 고려하여 두세 글자로 축약하여 지어준다.

내가 호를 처음 지은 때는 2011년 1월 첫날이다. 당시 우리은행 이종휘 행장님의 제안으로 한해를 출발하면서 새로운 각오로 임원들이 담당하는 사업본부의 발전과 은행 전체의 발전을 다지는 휘호 행사가 계기가 되었다. 각자 평생 마음에 간직할 사자성어를 붓으로 쓰고 호와 이름, 그리고 낙관을 찍고 액자에 넣어 자신의 집무실에 걸어두는 형식으로 진행된 휘호 행사에서 나는 처음으로 '천정'이라는 호를 사용했다.

내가 이 글에서 호를 소개하려는 데에는 그것을 자랑하려는 뜻은 전혀 없다. 다만 향후 자신의 호를 새로 짓거나 남에게 지어줄 기회가 생겼을 때 도움이 되면 좋겠다는 생각에서 부족하나마 호에 관해 알고 있는 것을 나누고자 할 따름이다.

퇴계 선생 연구에 관한 한 국내 최고 권위자인 서울대학교 금장태 교수님과 함께 오찬을 하면서 어려운 호의 작명을 간곡히 부탁드렸다. 다행히도 흔쾌히 승낙해주셨고 귀한 호설(號說)을 보내주시어 여기에 소개하고자 한다. 금장태 교수님이 내게 보내주신 글을 그대로 옮겨본다.

사실 금 부행장이 나보다 한 항렬 위인 종친이기도 하고, 어려운 사정을 말씀드렸지만 끝내 사양할 길이 없었다. 집에 돌아온 뒤로 이리저리 생각해보다가 '월천'이라는 호를 생각해보았다. "'월천'을 우리말로 풀면 '달빛 머금은 샘'이라 하겠는데, 고향 월전 마을 뒷산에도 바위틈에서 샘물이 솟아날 터이고 샘물은 흘러내려 냇물이 되고 강물이 되어 멀리 바다에 이를 것이니 뜻은 괜찮아 보이는데, 어떠신지요?

부행장님 함자의 '터 기(基)' 자는 근본을 뜻하는 말이기도 하니 근본이 튼실하면 바로 『용비어천가(龍飛御天歌)』에서 노래한 '샘이 깊은 물은 가뭄에 아니 그치니, 내(川) 이루어 바다에 가나니'라는 말과 통하지 않겠는지요?"

그런데 금 부행장이 그날로 아호를 '월천'으로 하시겠다는 답장을 주셔서 나도 무척 기뻤다. 종친의 아호 '月泉'이 더욱 친밀하게 느껴진다. '월천'은 한자로 흔히 月川, 月天 등으로 일컬어지지만 우리나라에서는 별로 쓰이지 않는 것 같다. 그러나 중국에는 月泉을 비롯하여 명월천(明月泉), 만월천(滿月泉), 반월천(半月泉), 한월천(寒月泉)이라는 샘 이름이 실제로 존재한다. 또한 송나라의 오위(吳渭)가 세운 월천음사(月泉吟社)는 시인들이 시를 짓고 논하는 모임의 명칭이요, 월천서원은 선비들이 모여 학문하는 곳이었다.

수양대군이 지은 『월인천강지곡(月印千江之曲)』의 月은 온 세상에 그 도(道)를 비춰 보이는 부처의 본체를 비유한 것이라 한다. 또한 달(月)과 샘(泉)을 상응시켜 보면 달은 하늘에 비유되고 샘은 사람의 마음에 비유될 수 있는 것이라 하겠다. 곧 하늘(月)이 사람의 마음(泉)에 밝게 비치니 마음은 하늘의 이치를 간직할 수 있게 된다. 따라서 사람은 하늘의 이치를 따라 세상을 순리(順理)대로 살아갈 수 있는 것이라 할 수 있다. 샘은 깊은 땅속 바위틈에서 솟아나는 맑은 물이라 생명수요, 또 혼자만 독점하는 것이 아니라 여러 사람을 살리는 은덕을 지니고 있으니 우리 마음이 간직해야 할 덕이 아니겠는가. '月泉', 즉 달빛 머금은 샘은 맛이 달고 깊어 '신령한 샘(靈泉)'이라 하였다.

종친 부행장님의 삶에 아호 '월천, 달빛 머금은 샘'이 아름다운 짝이 되시어 행복한 여생을 보내시길 진심으로 기원한다. (2020. 12. 28 章泰 再拜)

서울대 금 교수님의 호 짓는 방법과 실제 호설을 소개하여 호를 짓고 사용하는 데 도움이 되면 좋겠다.

처음 지었던 호가 꽃이 피고 열매를 맺어 의산포럼으로 성장하고, 상호 간의 호칭에 사용되어 격조와 품위를 지키는 관계로 발전했다. 자신보다 나이가 연배이거나 동년배인 경우 호 다음에 '선생'을 붙여 상대를 예우하는 것이 아름다운 예법이 될 것이다. 또 가능하면 후배인 경우라도 '선생'을 붙여 사랑하는 마음으로 예우하는 것도 좋지 않을까 생각한다.

선비는 선비다운 행실을 보여줄 때 비로소 존경받듯이 호를 사용하면서 선비다운 언행을 해야겠다는 각오를 새롭게 다짐해본다. 앞으로 천정은 의산포럼에서만 사용하고, 다른 곳에서는 모두 '월천'을 사용할 생각이다.

천정 금기조

충북 옥천에서 태어났다. 천 년의 우물처럼 마르지 않고 끝없이 남에게 사랑
을 베푸는 사람이 되고자 호를 '천정'이라고 지었다. 늘 배움의 끈을 놓지 않
았고 직장 문을 나선 뒤에는 박사학위를 취득하여 대학에서 후학을 양성하고
있다. 예인조복(譽人造福)을 마음에 새기며 산다. 자신을 낮추고 다른 사람을
배려하고 칭찬하는 것이 복을 만든다는 뜻이다. 새로운 길을 찾고 도전하는
마음은 지금도 변함이 없다. 가톨릭 신자로 현재 서강대 재단법인 이사로 활
동하고 있다.

2부

삶 은

선 택 의

연 속 이 다

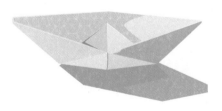

안 보이던 것이 보일 때

/ 김병효

신문을 읽다 보면 기업의 전면광고에 자연스럽게 눈길이 간다. 회사의 이미지를 높이거나 자사의 상품을 선전하는 내용이지만 광고의 수준도 느껴질 때가 많다. 최근 모 금융그룹의 광고가 돋보였다. "생각 이-어-지-다 행동으로"라는 문구 아래 "빛나는 생각도, 앞선 생각도 생각에서 멈춘다면 아무것도 아닙니다. 고객을 위해 은행은 무엇을 할 수 있을까? ○○은행이 했던 수많은 생각들. 자라서 꽃이 되도록, 열매가 되도록. 고객의 기쁨이 되도록. 행동으로 이어가고 있습니다. 디지털 시대에도 당신의 ○○은행이 되겠습니다"라고 다짐하는 광고였다. 정말 참신하고 강렬한 메시지를 담고 있었다. 이 광고가 실린 신문의 다른 지면에는 또 다른 금융그룹의 광고도 실려 있었다. 자사 상품 소개 광고였다. 한눈에 확연히 차이가 느껴졌다. 삼십 년 넘게 몸담았던 옛 직장이 계속 발전하고 잘되기를 바라는 내 마음은 그날따라 무척 우울했다. 그 후로도 옛 일터의 광고에는 이렇다 할 변화가 없었다.

2020년 1월 말경이었다. 차가 사거리 신호등 앞에 멈춰섰다. 신호를 기다리다 주변을 둘러보니 우리은행 지점이 눈에 들어왔다. 지점 외벽에 현수막이 걸려 있었다. "사장님! 2019년에도 힘내세요"라는 큰 글씨 옆에 "서울신용보증재단 특별출연부 협약보증대출" 문구가 들어 있는 상품광고였다. 2019년이 다 지나가고 2020년 1월도 끝나 가는데 아직도 버젓이 걸려 있는 현수막. 그것을 보는 순간 가슴이 탁 막혔다. 어쩌다 이 지경이 되었을까. 새해 들어 매일 출퇴근 때나 점심 먹고 들어오는 길에 지점직원 어느 누구도 이것을 보지 못했을까. 관심이 없으면 눈에 들어오지 않는다고 하지만 너무 심하다는 생각에 본부 부서 직원에게 전화하여 현수막 제거를 부탁했다. 사소한 일이지만 "큰 어려움은 반드시 쉬운 일에서 시작된다(天下難事必作於易)"라는 말이 떠올랐다.

평생 몸담았던 일터에 대한 좋은 뉴스를 접하면 기분이 좋지만 부정적인 소식에는 걱정이 앞선다. 최근 이삼 년 새 세간의 입방아에 자주 오르내리거나 문제가 터질 때면 마음이 불편했다. 혼자서 '왜'라는 질문과 답을 찾아보곤 했다. 그러다 문득 2004년부터 지금까지 변함없는 우리의 미션이 생각났다. "우리나라 1등 은행"이란 미션이 무의식 속에 깊이 자리 잡고 우리의 생각과 행동을 통제한다는 의구심이 들었다. 그때는 절실했지만 이제는 바뀔 시점이 아닐까. 오로지 1등을 위해서, 실적이 된다면 무엇

2부 삶은 선택의 연속이다

이든지 해도 되는 것일까. 오로지 실적에 목을 걸고 고객의 이익과 행복보다는 자신의 입신영달만을 추구한 것은 아닌지. 고객의 이익을 우선하고 함께 성장해야 하는 것이 올바른 길이라면 이제라도 미션은 마땅히 수정되어야 한다. 업(業)의 본질에 맞게 미션을 다시 설정하고 생각과 행동을 새롭게 혁신해야 환골탈퇴의 계기가 될 것이다. K 은행은 "세상을 바꾸는 금융 고객의 행복과 더 나은 세상을 만들어갑니다"가 미션이다. S 은행은 "금융으로 세상을 이롭게 한다". H 은행의 미션은 "함께 성장하며 행복을 나누는 금융"이다. 그렇다면 우리는? 어떤 길을 걸어가야 할까?

2002년 10월 24일, 영국의 여성 교육부 장관 에스텔 모리스는 능력 부족을 이유로 스스로 사직했다. 당시 토니 블레어 총리가 극구 만류하였으나 내각이 필요로 하는 역량이 부족하기 때문에 떠나겠다며 자리를 내놨다. 총리는 정말 교육을 깊이 생각하며 극도로 정직한 사람이 품위와 성실을 지키면서 사임했다며 찬사를 보냈다. 무능해서, 능력이 부족하다고 스스로 자리를 내놓는 일이 어디 쉬운 일인가. 얼마나 많은 고민을 했을까. 중요한 자리를 맡는 사람은 스스로 자문해봐야 한다. 내가 이 자리에 적합한가? 무엇을 해야 하나? 나는 그런 능력이 있나? 의지와 열정은? 나보다 나은 다른 사람은 없나? 내가 맡는 것이 조직에 최적일까? 등등 스스로 질문을 해보고 확신이 서야 한다. 이처럼 치열한 삶을 사는 이는 극히 드물다. 자리가 사람을 만든다는 말이 있지만 자리에 맞는 사람이어야 한다고 생각한다. 생각 없이, 아무런 준비도 없이 덜컥 맡을 수는 없다. 자리에 적합한 능력과 경험과 바른 생각을 갖춘 사람만이 무엇이 문제인지, 무엇을 개선하고 추진할지 알기 때문이다. 그렇지 못하면 자리만 차지하고 주변 사람들을 힘들게 하며 조직의 발전을 더디게 또는 뒷걸음질하게 하는 결과를 초래하기 때문이다. 이제는 바뀌어야 한다. 그래야 조직이 살아남는 시대다.

조선시대 성리학의 대가 퇴계 이황이 58세 때였다. 도산서원을 찾아온 23세의 율곡 이이가 가르침을 청하자 "지심귀재불기(持心貴在不欺), 입조당계희사(入朝當戒喜事)"라는 문구를 써주었다. '평소 마음가짐에서 가장 중히 여겨야 하는 것은 속이지 않는 것이고, 벼슬을 했을 때 마땅히 경계해야 하는 것은 공(功)을 세우려고 일 벌이는 것'이라는 내용이다. 타인이나 자신에게 거짓된 마음과 행동은 금방 드러나기 마련이다. 한번 신뢰를 잃으면 회복하기 어렵기에 평소 스스로 조심해야 한다. 자리를 맡으면 돋보이는 일을 추진하거나 윗사람이 듣기 좋은 말만 하거나 좋아할 만한 일들을 하지 말아야 한다. 생색내기 좋은 것, 보여주기 위한 일들은 주변을 힘들게 하기 때문이다. 오랜 역사와 전통에서 우리의 진정한 가치를 다시 찾아내야 한다. 새로운 가치를 가슴에 품고 진심이 묻어나는 실천으로 굳건히 다시 일어서길 간절히 희망한다.

조직에 몸담고 속해 있을 때에는 미처 보이지 않더니

멀찍이 떨어져서 바라보니 이제야 하나둘씩 눈에 들어오는 것은 어찌 된 일일까.

가산 김병효

경남 합천에서 태어났다. 고향에서 초등학교를 마치고 중학교는 마산, 고등
학교와 대학은 서울에서 다녔다. 은행생활 중 8할을 영업현장에서 보냈다. 직
원들과의 공감, 소통, 배려를 중시했고 지점장 때 '전행 영업 대상'을 수상하
기도 했다. 퇴임 후 계열사 대표를 마치고 모 부동산신탁사의 고문으로 수년
간 근무했다. 이때 지금의 우리자산신탁이 우리금융 계열사로 편입되는 과
정에서 큰 역할을 했다. 2017년에 첫 번째 수필집『봄날이었다』를 펴냈고,
2020년에는 2년 동안 신문에 기고했던 칼럼을 모아『품어야 산다』를 출간했
다.『품어야 산다』는 2020년 문화체육관광부 산하 한국문화예술위원회가 선
정한 '문학나눔 도서보급사업'의 수필 분야 도서로 선정되었다. 호는 가산.

뉴욕이 활기를 되찾을 날을 꿈꾸며

/ 전성찬

미국 하면 가장 먼저 떠오르는 도시는 뉴욕이다. 매년 전 세계에서 5,000만 명의 관광객이 이 도시를 찾는다. 뉴욕은 외국인에게만 선망의 도시가 아니다. 심지어 다른 주와 도시에 사는 미국인 중에도 죽기 전에 뉴욕을 여행하는 것이 소원인 사람이 많다고 한다.

사람들이 뉴욕을 이야기할 때 '뉴욕 뉴욕' 하기에 처음 엔 의아했다. 그토록 대단한 도시라서 반복해 부르나 보다 넘겨짚으며 지나갔다. 알고 보니 그게 아니었다. 사실은 사람들이 미국의 어느 도시를 이야기할 때 도시 이름과 주 이름을 순서대로 말하는 게 통례인데, 그걸 몰랐기에 생긴 오해였다.

뉴욕은 1624년에 세워졌다. 오늘날의 미국 수도는 워싱턴이지만 비록 짧게나마 뉴욕이 미국의 수도 역할을 담당한 적이 있다. 미국이 완전한 독립국이 된 이후인 1789년부터 1790년까지 1~2년 남짓한 기간이다. 1790년 이후 뉴욕은 비록 수도의 지위는 워싱턴에 넘겨줬지만 미국에서 가장 큰 도시로 성장했다. 또한 뉴욕은 '세계의 수도'라는 별칭으로 불릴 정도로 독보적인 위상을 지닌 도시로 자리매김했다.

뉴욕은 대단한 위상에 걸맞게 다양한 이름으로 불린다. '잠들지 않는 도시', '세계의 수도', '빅애플', '고담시티' 등이 그런 예다. 그뿐만이 아니다. 뉴욕은 전 세계에서 가장 다양한 인종의 사람이 모여 있는 도시이며 사용되는 언어 수가 무려 800여 개에 이른다. 참고로, 이 많은 언어 중 사용 빈도 면에서 한국어는 5위 정도를 차지한다고 한다.

뉴욕이 활기를 되찾을 날을 꿈꾸며

뉴욕 하면 자동으로 떠오르는 단어가 '맨해튼'이다. 맨해튼은 뉴욕시의 5개 자치구(borough) 중 면적이 제일 작고 거주 인구도 200만 명이 채 안 되지만 세계의 상업과 금융, 문화 중심지로서의 입지를 확고히 다지고 있다.

맨해튼은 아메리카 원주민 언어로 '바위가 많은 섬'이라는 의미다. 맨해튼은 애초 아메리카 원주민의 땅이었는데, 이들에게서 토지를 매입한 이는 네덜란드인 식민지 개척자들이었다. 1626년의 일이다. 놀랍게도 이재에 밝은 네덜란드인은 원주민을 구슬려 60길더(1846년 기준으로 24달러 정도 금액) 어치의 물자로 이 땅을 샀다. 아메리카 원주민들은 오늘날까지도 '이보다 어리석은 거래는 세상에 없다'라는 말로 한탄한다.

그러나 당시만 해도 맨해튼은 강 한가운데에 펄이 산처럼 쌓여 있을 뿐 이렇다 할 자원도 없는 황량한 섬이었다. 네덜란드인들은 한 수레의 가죽과 냄비와 럼주 등의 물자를 건네며 이 땅을 넘겨받은 것이다. 아메리카 원주민은 말할 것도 없고 맨해튼을 사들인 네덜란드인조차 이 땅이

200년도 지나지 않아 세계의 심장이 되리라고는 상상조차 하지 못했을 것이다.

불현듯 뉴욕으로 검색하면 무엇이 뜰지 궁금해서 인터넷 검색창에 '뉴욕'을 입력해보았다. 미국의 상징이라 할 만한 자유의 여신상, 도시공원의 선두주자 센트럴파크(1873년 완공, 가로 0.8킬로미터, 세로 4킬로미터), 세계 금융시장의 중심지 월스트리트와 황소 동상, 영화에 종종 등장하는 뉴욕공공도서관, 공룡 뼈대가 온전한 형태로 서 있는 자연사박물관, 세계 3대 미술관 중 하나인 메트로폴리탄 미술관, 1931년부터 1971년까지 40여 년간 세계에서 가장 높은 건축물로서의 위상을 뽐냈으며 영화 〈킹콩〉의 주 무대이기도 했던 엠파이어스테이트 빌딩, 전 세계에서 가장 비싼 광고판으로 이름 높은 타임스퀘어 광장, 뮤지컬의 본고장 브로드웨이 등 헤아릴 수 없을 정도로 많았다. 뉴욕이 이렇듯 대단한 명성을 얻게 된 데에는 치밀한 전략과 실행의 힘이 숨어 있다. 또한 뉴욕의 역사에는 흥미진진하고도 역동적인 스토리가 스며 있고 감동이 살아 있

뉴욕이 활기를 되찾을 날을 꿈꾸며

다. 그 결과 오늘날의 뉴욕은 명실상부 세계의 도시로 자리매김했다.

뉴욕 하면 떠오르는 것이 압도적인 위용을 자랑하는 마천루다. 그러나 이 도시가 오늘날의 명성을 얻은 데에는 마천루 같은 뭔가 거대하고 장대한 것들의 힘만 있었던 것은 아니다. 말하자면 대단한 하드웨어 못지않게 정교하고도 세련된 소프트웨어가 잘 결합하여 시너지를 낸 결과라고 할 수 있다. 예를 들어 뉴욕에서는 스포츠는 물론이고 컵케이크, 피자, 스테이크, 모자 같은 일상의 아이템조차 제각각 정교한 삶의 이야기를 담아내며 역동성을 창조해낸다. 그런 수많은 스토리와 에너지가 공공 영역은 물론이고 비즈니스맨의 직장생활과 평범한 대중의 일상생활에서 만들어져 소설로, 연극과 영화로, 방송 프로그램으로 창조되고 소비된다.

내가 현재 일하고 있는 금융도 예외는 아니다. 세계 금융 중심지로 인정받는 월가는 세월의 힘만으로 만들어진 것이 아니다. 단지 금융기관 건물이 밀집해 있어서도 아니다. 그보다는 최첨단 금융 시스템을 치밀하게 설계하고 활용하고 발전시키고자 밤낮으로 애쓰는 초일류 금융인들의 노력과 자부심과 스토리가 삼박자로 맞아떨어졌기에 가능한 일이다. 일례로 미국 금융기관은 3일을 초과한 연휴가 없을 정도로 대다수 금융인은 날마다 일에 몰두한다.

뉴욕을 제대로 알고자 한다면 먼저 미국을 알아야 하는데, 이게 말처럼 녹록지 않다. 알아야 할 게 너무 많고 신경 써야 할 게 너무 많다. 영어를 배우는 일도 쉽지 않지만 미터 대신 야드를 거리 단위로 사용하는 것도 익숙지 않고 섭씨 대신 화씨를 온도 단위로 사용하는 것도 낯설다. 그뿐만이 아니다. 미국인들은 스트리트와 애비뉴로 거리를 표시하고 그램 대신 온스를, 리터 대신 갤런을 사용해서 머릿속을 복잡하게 한다. 실생활 면에서도 예컨대 진짜 총기 소지가 가능하고, 비가 와도 어지간해서는 우산을 쓰지 않으며, 실내에서도 모자를 벗지 않는 등 적응하기가 쉽지 않다. 게다가 빼놓을 수 없는 것으로, 코로나19가 전 세계를 강타한 팬데믹 시대에도 뉴욕인들이 꽤 오랫동안 마스크를 쓰는 걸 혐오스럽게 여긴 대가로 매우 어려운 상황에 맞닥뜨리게 된 것도 이해하기 어렵다. 처음에는 짜증이 나기도 했으나 그런다고 달라질 게 없기도 하고, 어쨌든 로마에 가면 로마법을 따르라 했으니 투덜대고 싶은 마음을 억누르며 그럭저럭 이곳 생활에 적응해가고 있다.

중요한 것은 금융인의 한 사람으로서 최첨단 금융시장에 대한 심도 있는 이해에 더해 언어, 제도, 문화 등을 깊이 있게 이해하기 위한 노력을 게을리해서는 안 된다는 점이다. 그러나 일모도원(日暮途遠)이라고, 날은 저무는데 갈 길은 멀고 더디기만 하다.

안타깝게도 세계의 심장 뉴욕은 코로나19 바이러스를 미국 전역으로 옮기는 진원지가 되어버렸다. 어쩌다 이런 신세가 되었을까? 먼저 유럽 등지에서 감염된 외국인 관광객이 맨해튼을 방문했고, 그들이 내국인 관광객과 뒤섞인 후 미국 전역으로 흩어지면서 벌어진 참사였다. 그 바람에 뉴욕은 졸지에 세계 최고의 '코로나 도시'라는 오명을 쓰게 되었고, 맨해튼은 절대로 방문해서는 안 되는 도시의 하나가 되고 말았다.

실제로 최근 뉴욕에서는 확진자와 사망자 수가 연일 최고치를 경신하고 있어 누구도 안전을 장담할 수 없는 지경이 되었다. 게다가 맨해튼의 식당가에서는 제대로 식사조차 하기 어려울 정도로 상황이 심각해졌다. 사정이 이렇다 보니 '코로나19를 극복하지 못하면 뉴욕은 없다!'라는 말이 퍼져나가고 위기감도 팽배해 있다.

아직 희망은 있다. 역사를 거슬러 올라가 보면 인류는 오랜 세월 수많은 감염병에 대응하고 극복하면서 성장하고 발전해왔다. 미국은 세계 최강대국의 위상이 무색하리만치 코로나 방역 등에서는 실망스러운 모습을 보여주었으나 코로나 백신 개발 국면에서는 최고 기술력과 잠재력을 발휘하여 1년도 안 되는 짧은 기간에 세계 최초로 백신을 개발하는 쾌거를 이룩했다.

물론 여전히 미국이 처한 상황은 녹록지 않을 뿐 아니라 현재의 코로나 상황은 최악이라 해도 지나치지 않을 정도다. 그러나 얼마 전부터 백신 접종이 시작되었으니 코로나 종식 희망의 싹이 하나둘 트이기 시작했다고 말해도 괜찮지 않을까.

가장 혹독하다는 지난 4월 뉴욕지점에 부임했는데 어느덧 연말이다. 너무 두려워하지 말고 최대한 조심하되 묵묵히 잘 견뎌내야겠다고 마음속으로 다짐해본다. 미국의 대표 도시 뉴욕도 여전히 만만치 않은 상황이다. 이 대단한 도시 뉴욕이 언제쯤 예전의 명성과 활기를 되찾게 될까.

자원 전성찬

본적은 전북 임실. 전주에서 고등학교를 다녔고 서울에서 대학원까지 졸업했다. 의산포럼의 총무이며 현재 뉴욕지점장으로 은행에 재직 중이다. 자신을 특별히 드러내지 않고 조용히 치밀하게 임무를 잘 수행하는 지장(智將)형 리더로 알려져 있다. 뉴욕지점 근무는 두 번째다. 은행의 여러 분야에서 체득한 경험과 지혜, 해외근무 경력을 볼 때 앞날이 기대되는 재목이다. 호는 자원.

나의 진짜 마지막 선택

/ 김철호

어느 날 몇몇 제자가 소크라테스에게 물었다. "스승님! 인생이란 무엇입니까?"

소크라테스는 아무 말 없이 제자들을 사과나무 숲으로 데리고 갔다. 때마침 사과가 무르익는 계절이라 달콤한 과육 향기가 코를 찔렀다. 소크라테스는 제자들에게 숲 끝에서 끝까지 걸으며 각자 제일 마음에 드는 사과를 하나씩 골라오도록 했다. 단, 한번 지나간 길을 되돌아갈 수 없으며 마음에 드는 사과를 선택할 수 있는 기회는 단 한

번뿐이라는 조건을 붙였다.

제자들은 모두 사과나무 숲의 끝 지점에 도착했다. 그 곳에 소크라테스가 먼저 와서 기다리고 있었다. 그가 제 자들을 향해 미소 지으며 말했다.

"모두 제일 좋은 사과를 선택했겠지?"

제자들은 저마다 다른 제자가 골라온 사과를 자기 것과 비교하며 아무 말도 하지 않았다. 그 모습을 조용히 지켜 보던 소크라테스가 다시 물었다.

"왜, 자기가 선택한 사과가 만족스럽지 않은가 보지?"

"스승님, 다시 한번 기회를 주세요."

한 제자가 이렇게 부탁했다. 그러면서 그는 이렇게 말 했다.

"숲에 막 들어섰을 때 정말 크고 좋은 사과를 봤거든요. 그런데 더 크고 좋은 걸 찾으려고 따지 않았어요. 사과나 무 숲 끝까지 왔을 때 비로소 제가 맨 처음 본 그 사과가 제일 크고 실하다는 걸 알았어요."

다른 제자가 급히 끼어들었다.

"전 정반대예요. 숲에 들어가 조금 걷다가 제일 크고 좋다고 생각되는 사과를 골랐는데요. 나중에 보니까 더 좋은 게 있었어요. 저도 후회스러워요!"

"스승님, 제발 한 번만 더 기회를 주세요."

다른 제자들도 서로 약속이나 한 듯 한목소리로 이렇게 말했다.

소크라테스가 껄껄 웃더니 단호하게 고개를 내저으며 진지한 목소리로 말했다.

"그게 바로 인생이다. 인생은 언제나 단 한 번의 선택을 해야 하거든!"

인생을 살면서 수없이 많은 선택의 갈림길 앞에 서지만 기회는 늘 한 번뿐이다. 그 한순간의 잘못된 선택으로 인한 책임은 모두 자신이 감당해야 한다. 중요한 것은 한 번뿐인 선택이 완벽하길 바라는 일이 아니라 때론 실수가 있더라도 후회하지 않고 자신의 선택을 끌어안고 끝까지 책임지려는 자세다. "오늘 내가 겪는 불행은 언젠가 내가 잘못 보낸 시간의 보복이다"라는 말을 몇 번이고 곱씹고 되새겨볼 일이다.

오늘까지 살아온 나의 삶도 수많은 선택으로 이루어진 결과일 것이다. 선택 중에는 자의로 결정한 선택과 타의에 의해 결정된 선택, 그리고 자신이 처한 운명과 현실에 타협하여 어쩔 수 없이 내린 선택도 있을 수 있다. 자신의 선택이 자의에 의한 것이든 타의에 의한 것이든, 아니면 현실과 타협하여 내린 것이든 있는 그대로 받아들이고 책임지려는 긍정적인 자세가 필요하다.

자신의 의지로 결정할 수 없는 선택 중 가장 대표적인 것은 인간으로 태어난 일 그 자체일 것이다. 그 밖에 성별, 피부색이나 신장 같은 신체 조건 등도 역시 자의로 결정할 수 없는 선택이다. 또 하나, 일반적으로 죽음의 시기 또한 자의로 결정할 수 없는 선택이다(물론 자살이라는 예외적인 경우도 있긴 하지만).

자의적 선택이란 강한 자의식으로 자신의 인생 앞에 펼쳐지는 수많은 선택지를 능동적으로 판단하고 결정하면서, 마치 유능한 선장이 키를 조종하며 자신이 원하는 방향으로 배를 몰고 파도를 헤치고 나아가듯 인생을 주체적으로 사는 걸 말한다.

내 인생의 항로에서 오늘의 나를 있게 해준 수많은 선택 가운데 나름대로 중요하다고 생각하는 6가지 선택을 짚어보고자 한다.

남자로 태어나 어른이 되면 대다수 사람이 피해 갈 수 없는 군대 문제. 여기에는 선택의 여지가 별로 없지만 구체적으로 어떤 군 생활을 어떻게 만들어갈 것인가는 나의 의지와 노력에 달려 있다.

첫 번째 중요한 선택은 대한민국에 태어난 남자라면 누구나 피해가기 어려운 군대 문제였다. 내가 고등학교를 졸업한 해인 1972년은 제1차 오일 쇼크로 전 세계가 상당한 충격을 받았을 때라 상고를 졸업한 나로서는 취업 문이 바늘귀처럼 좁았다. 그래서 나는 우선 중소기업에 다니면서 국방의 의무를 먼저 해결하리라 마음먹었다. 그리고 기왕에 군대에 갈 바에는 좀 더 시간적 여유도 있고 제복도 멋있어 보이는 공군이 좋겠다고 판단하여 지원 입대를 했다. 당시 공군은 군 입대를 앞둔 젊은이들 사이에 인기가 많아 7대 1의 경쟁률을 자랑했다. 나는 만만치 않은 필기시험과 엄격한 신체검사를 거쳐 운 좋게 합격했다. 이후 공군 제225기로 입대하여 훈련을 마치고 국방부 777부대를 거쳐 공군 정보 첩보부대에 배치되었다. 1972년 8월 1일의 일이다. 참고로, 내가 배치 받은 공군 정보 첩보부대는 1971년 군 특수부대 난동 사건인 실미도사건의 본부였던 부대다.

입대한 지 1년쯤 시간이 지나자 처음 계획한 대로 어느 정도 시간 여유를 가질 수 있어 한국방송통신대학을 다니면서 제대 후 취업 준비를 할 수 있는 기회를 잡을 수 있었다. 돌아보면 공군에 복무하는 동안 방송통신대학을 다니고, 당시 발간되던 《독서신문》을 정기 구독하고, 다양한 분야의 많은 책을 접할 수 있었기에 나름대로 인생관을 정립하고 앞날을 설계하는 데 많은 도움이 되었던 것 같다.

나의 진짜 마지막 선택

아마 당시 공군 입대를 선택하지 않았다면 어린 시절부터 꿈꾸었던 일 중 하나인 제3사관학교에 입교해서 군 장성이 되는 길로 나아가지 않았을까 하는 생각도 해본다.

두 번째 중요한 선택은 평생 먹고 사는 데 있어 가장 중요한 직장을 선택하는 일이었다. 1975년 7월 31일, 나는 만 3년의 군 복무를 무사히 마치고 서울에서 밤기차를 타고 부산으로 내려갔다. 그러고는 다음 날인 8월 1일부터 시립도서관에서 잠을 아껴가며 열심히 공부하여 연합철강과 부국철강에 합격했다. 나는 연합철강에 입사하여 신입사원 연수까지 마쳤으나 고교 졸업 후 이루지 못한 은행 취업에 대한 미련이 남아 회사를 그만두고 상업은행에 지원하여 운 좋게 합격했다. 동기들보다 다소 늦게 시작한 은행 생활이지만 나의 선택에 후회가 남지 않도록 누구보다 열심히 은행 생활에 매진하여 34년간 장기근속과 마지막 우리은행 임원으로서 명예로운 퇴임을 하게 되었다. 이 또한 은행을 선택하지 않고 먼저 입사한 연합철강에서 착실히 경력을 쌓다가 창업을 했다면 지금쯤 규모가 큰 기업을 소유한 회장이 되어 있을 수도 있지 않을까 하는 생각도 해본다.

세 번째 중요한 선택은 평생을 함께할 반려자를 만나는 일이었다. 은행 입행으로 안정적 생활을 하던 중 결혼 적령기가 다가와 나의 평생 반려자를 선택해야 하는 상황에서 여러 번 맞선 등의 만남을 가졌다. 그러나 그 만남들에서 반려자를 만나지 못했고, 부모님 지인분의 소개로 지금의 아내와 선을 보았다. 1979년 2월, 서로 반신반의하며 몇 번 만남을 이어가다가 두 달도 채 지나기 전에 백년가약을 맺었다. 어찌 생각하면 조금 서두른 감도 없지 않지만 다행스럽게도 서로 아껴주며 지금까지 잘살고 있다.

당시 부모님은 여동생이 결혼 적령기여서 오빠보다 먼저 결혼하는 역혼(逆婚)을 반대하셨다. 특히 어머니의 반대가 심했는데, 어머니로서는 그럴 만한 이유가 있었다. 어머니가 오빠인 외삼촌보다 먼저 결혼하면서 동생의 결혼을 안 보겠다며 외지로 나간 외삼촌이 횡사(橫死)한 것이 두고두고 마음에 걸린 탓이었다. 그때 돌아가신 외삼촌은 일본 나고야 고보를 졸업한 엘리트로서 장래가 촉망되던 분이어서 안타까움이 더했을 것이다. 아무튼 1979년 당시 내가 결혼을 비교적 쉽게 결정할 수 있었던 것은 부모님의 적극적인 권유 때문이었다. 부모님의 영향 등으로 갖게 된 서둘러 결혼해야 한다는 생각과 함께 나름대로 선택의 기준인 '신체 건강하고 인성이 착한 사람'의 기준에 어느 정도 부합했기에 서로 인연이 맺어질 수 있었다고 생각한다. 만약 당시의 선택이 지금의 아내가 아니었다면 과연 나는 어떤 여자를 만나 가정을 이루었을까 하는 작은 호기심이 생기기도 한다.

네 번째 중요한 선택은 은행 근무지를 부산에서 서울로 옮기는 선택이었다. 1976년 입행 후 초임지가 부산 동래지점이었고 이후 부평동지점, 남천동지점, 구포지점을 거쳐 가며 근무했다. 그런 다음 1982년 8월 대리로 승진하여 대교동지점, 구포지점에서 근무하면서 10년 동안 부산에서 최선을 다해 일했다. 그러는 동안 차츰 생활도 안정되고 부산 지역에서 나름대로 위상도 지키면서 안정적인 직장생활, 행복한 가정을 꾸릴 수 있었다. 지방점포의 경우, 지역에 맞는 분위기가 있기 마련인데 부산의 경우 지역이 좁다 보니 무사안일 분위기와 약간 흥청망청 소비하는 분위기가 만연해 있어 멀리 보며 주위 환경과 분위기를 바꿀 필요가 있다는 생각이 들었다. 서울 지역, 특히 본점에서 근무할 수 있다면 새로운 업무를 배울 수도 있고 인맥을 넓힐 기회도 얻을 수 있을 것 같았다. 그런 생각에 10여 년 동안 내가 해온 업무의 수준과 획기적으로 다른 지점, 특히 서울 지역의 업무 처리 수준과 비교도 해보며 배우고 싶은 마음에 검사부에 지원했다.

서울 근무를 선택하는 데 있어서 가장 큰 장애는 무엇보다 비싼 아파트 가격이었다. 내 명의로 된 부산 아파트를 팔아야 서울 전세금을 겨우 충당할 수 있을까 말까 할 정도여서 가정경제를 책임져야 할 가장으로서 큰 결단이 필요한 선택이었다.

돌이켜 보면, 서울 근무를 선택한 결과가 오랜 시간이 지나 본부 주요 부서장과 임원이라는 영광스러운 자리까지 올라갈 수 있는 중요한 밑거름이 되었다고 생각한다. 당시 편안함과 익숙함에 취해 부산 지역에 그대로 머물러 있었다면 나의 은행 생활은 그저 평범한 은행원으로 마무리되지 않았을까 싶다.

다섯 번째 중요한 선택은 퇴직 후 노후를 보내기 위해 강원도 횡성 둔내에 전원주택을 마련한 일이다. 50대 초반부터 나는 퇴직 후 전원주택을 마련하기 위해 휴일이면 경기도, 충청도, 강원도를 여행 겸해서 다니곤 했다. 그러던 중 우연히 강원도 횡성 둔내에 가톨릭 신앙공동체를 표방하는 전원주택 단지 택지를 300평 우선 구매하게 되었다. 이후 강원도는 지역이 멀고 겨울이 길어 좀 더 남쪽인 경기도 접경지역인 충청도 음성에 카페 동호인들 모임 명의로 임야 1만 평을 공동 구매하여 토목공사를 거쳐 택지로 조성한 300평의 택지도 마련했다. 두 곳의 택지 중 강원도 둔내에 아담한 목조주택을 짓고 금요일 오후부터 월요일 오전까지 3일은 강원도, 4일은 서울에서 지내는 '3촌(村) 4도(都)' 생활을 시작했다. 주말에 강원도에 오면 4월부터 텃밭 농사, 나무 관리, 정원 관리, 잔디 깎기 등으로 적당한 노동을 하면서 깨끗한 공기와 수려한 경치를 즐기면서 건강한 생활을 즐길 수 있다. 무엇보다 아내와 함께 우리 부부가 추구하는 전원주택을 나름대로 멋지게 가꾸면서 하루하루 즐거운 생활을 하고 있다. 전원주택의 선택이 없었다면 삭막하고 무미건조한 서울 생활의 연속이 아니었나 싶고, 특히 코로나19로 인해 우리 삶은 더욱더 팍팍하지 않았을까 하는 생각도 든다.

마지막 여섯 번째 중요한 선택은 2014년 아내의 지병인 간염이 위중해져 '간 혼수' 상태로 힘들어하는 걸 보면서 중요한 결정을 한 일이다. 당시 아내의 간 상당 부분에 간경화가 진행되어 간 이식을 하지 않으면 생명을 잃을 수도 있는 절체절명의 상황이 벌어지고 말았다. 뇌사자의 간 공여가 어려운 현실에서 생체 간 이식을 해야 하는 상황까지 맞이하게 된 것이다. 마침 2013년 서울대 의과대학 AMP 과정인 '장수사회 선도 최고 전략 과정'을 밟을 때 지도교수님이 서울대병원 기획처장으로 있던 터라 수술 날짜 등 편의를 제공받아 빠른 시일 내에 간이식 수술은 가능한 상황이었다.

일반적으로 자식이 부모에게 생체 간 기증을 많이 하고 있으나 큰아들을 낳을 때 아내가 과다 출혈로 수혈받으면서 B형 간염에 감염되어 아들, 딸 두 명 모두 B형 감염 보균자가 되어 간 기증을 할 수 없는 상황이었다. 그런 터라그 대안으로 불법이지만 위험을 무릅쓰고 거액의 비용까지 들여서 성공 가능성이 90퍼센트 정도 된다는, 중국 심천에서의 수술을 선택할 것인지, 아니면 내 나이가 만 60세가 넘어 공여자나 수여자 모두 위험을 감수하면서 나의 간을 이식하는 수술을 할 것인지 선택해야 하는 기로에 서게 되었다. 당시 수술 관계자의 말에 따르면, 간 생체 기증에 적합한 연령은 공여자나 수여자 모두에게 안전한 60세 이하의 공여자로 제한한다는 원칙이 있었다. 그러나 선택의 여지가 별로 없어 서울대병원의 수술 성공률 95퍼센트를 믿고 주치의 선생님을 설득하여 나의 간을 공여하는 방향으로 결정했다. 우리 부부가 동시에 수술실에 들어가 10시간 정도의 긴 수술 끝에 만일 둘 다 깨어나지 못한다면 아이들에게 유언을 남길 길이 없다는 데 생각이 미쳤다. 그런 터라 편지에 심경과 함께 재산 상태, 정리 방안 등을 정리한 유언장을 봉투에 넣어 책상 서랍에 넣어 두었다. 그러고는 수술 당일 오전 8시에 수술실에 들어가면서 두 시간 후 도착하도록 아이들에게 예고 문자를 보냈다.

당시 공황장애로 불안하기만 한 마음을 달래기 위해 묵주를 손에 쥐고 "이 또한 지나가리라(This too, shall pass away)"란 말을 되새기며 수술실로 향했다. 이런 당시의 선택이 나의 인생을 통틀어 가장 힘들고 고통스러운 선택이 아니었다 싶다. 나는 만약 그때 내 간을 기증하는 선택을 하지 않았다면 지금쯤 또 다른 여인과 같이 살아보는 행운(?)을 누릴 수 있지 않았을까 하는 발칙한 상상을 혼자 해보면서 쓴웃음을 짓곤 한다.

이미 겪고 지나가버린 선택의 결과가 오늘의 평안함을 주지만 이제 남은 나의 진짜 마지막 선택이 다가오고 있는 것 같다. 그것은 바로 '죽음에 대한 선택이며 준비'다. 인생은 꽤 복잡해 보이지만 결국 3단계로 구성된다. 탄생-선택-죽음이다. 일반적으로 죽음의 시기를 어느 누구도 자기 마음대로 선택할 수 없다. 내 부모님의 건강 상태와 사신 날들을 고려하면 나도 90세까지는 살 수 있을 거라 생각하지만 이미 간이식을 공여한 몸이라 대략 10년 정도를 차감한 80세 남짓 되지 않을까 생각한다.

나의 생이 다할 때 '그래도 이만하면 잘 살았다'라고 마지막 말을 남기고 싶다. '그래도'에는 아쉬움이 묻어 있으나 떠남을 받아들이는 용기가 스며 있고, '이만하면'이라는 말의 이면에는 '자족'의 뜻이 담겨 있어 내 삶에 작은 만족감을 느끼고 감사를 드리는 일이 아닐까 생각한다. 죽음의 순간이 언제가 될지 알 수는 없지만 반드시 현실로 다가올 일이기에 죽음을 앞두고 최소한의 나의 존엄을 지킬 수 있는 '연명치료 거부'는 내가 할 수 있는 마지막 선택이 아닐까 한다. 사람은 누구나 반드시 죽는데, 우리는 죽음을 너무도 부정적으로만 인식해서 죽음에 대해 지나치게 말을 아끼는 경향이 있다.

이제부터라도 죽음을 더 많이 공부하고 성찰하면서 품위 있는 죽음을 맞이하기 위해 노력해야겠다. 또한 연명계획서에 직접 서명하는 용기와 함께 뇌사 시 장기 기증 및 사후 각막기증이 이루어질 수 있도록 서둘러 서명해야겠다.

경원 김철호

부산이 고향이다. 그곳에서 자랐고 배웠다. 인생은 선택의 연속이라고 믿고
있다. 결혼, 취업, 근무지 선택, 순간의 판단 등등 자신의 선택에 따라 삶이 달
라지는 체험을 했기 때문이다. 호는 경원. 늘 밝고 햇볕이 잘 드는 정원처럼
누구에게나 따뜻하고 찾는 이들을 넉넉하게 보듬는 사람이 되자는 의미다.
계열사 대표를 잘 마친 뒤에는 인생 2막을 감사한 마음으로 하루하루를 소중
히 이어가고 있다.

그 선배가 들려준 '뜻밖의 이야기'

/ 백국종

우리 집은 7남 1녀의 대가족이었다. 형님들이 학교를 졸업하고 하나둘 직장에 취직하면서 독립해 나갔다. 그 바람에 8남매 중 막내이던 나는 자연스럽게 연로하신 부모님과 가장 오랫동안 함께 생활했다. 그러다가 은행에 취직하면서 생활 근거지인 부산으로 근무지를 선택했다. 그때는 서울에 합숙소가 있는 줄 몰랐기에 서울에서 근무하려면 하숙비를 포함한 생활비가 만만치 않으리라 여겼기 때문이다.

무슨 일이든 익숙해지지 않으면 낯설고 어려운 법이다. 일단 은행에 입사하고 보니 전에 상상했던 것과는 너무도 다른 은행의 모습이 나를 기다리고 있었다. 우선, 출납계에 배치되어 동전과 지폐를 만지는 업무부터 한 번도 만져본 적 없는 주판알을 튕기는 일, 어설픈 고객 응대에 시달리며 심리적 갈등을 느끼는 일에 이르기까지 많은 일이 그랬다. 또 가장 놀라웠던 일은 오후 4시 반에 지점 셔터를 내리면 업무가 끝나는 줄 알고 있다가, 실제로는 그때부터 본격적으로 마감 업무가 시작되어 밤늦게까지 이어진다는 사실이었다. 은행 업무 특성상 1원 단위까지 맞춰야 하는 일일 결산 업무가 끝나야 비로소 퇴근할 수 있고, 그 일이 밤늦게까지 이어진다는 사실을 생각지도 못했던 것이다. 게다가 노래 가사처럼 불안한 예감은 거의 틀린 적이 없었다. 일일 결산 업무에서 오류가 나와 그 원인을 추적해가다 보면 내가 '범인'일 때가 종종 있었고, 그때마다 밀려오는 자괴감과 죄책감은 나를 무던히도 괴롭혔다. 그럴 때면 나는 내 몸에 맞지 않는 옷을 입은 것처럼 불편

그 선배가 들려준 '뜻밖의 이야기'

하고 어색했다.

시간이 흐를수록 업무에 대한 두려움과 회의감은 점점
더 깊어졌고 나 자신이 한심하게 느껴졌다. 내가 배운 경
제학은 기획재정부장관에게나 어울리는 학문인 것 같았
고, 나는 그저 최전방에서 박박 기며 심부름하는 이등병
같은 존재에 지나지 않았다. 나와 같은 고민을 하던 동기
들이 하나둘 직장을 그만두었다는 소식이 들려올 때마다
고민은 더욱 깊어만 갔다.

그러나 나는 절망하지도 포기하지도 않았다. 나는 세
상살이 단맛 쓴맛을 나름대로 웬만큼 경험했다고 자부했
다. 학창 시절에는 범생이 소리를 들으며 반장·부반장도
여러 번 했고, 집안에서 제일 약골이었음에도 군대에서는
전방에 배치되어 누구 못지않게 고생도 해본 터라 어떻게
든 마음을 다잡고 업무에 적응할 때까지 이를 악물고 노
력해야겠다고 마음먹었다. 또 어디까지나 내가 선택한 직
장이니만큼 사표를 쓰고 떠날 때 떠나더라도 미리 싫은
내색은 절대로 하지 말아야겠다고 생각했다.

그렇게 실망감과 회의감, 지루함과 책임감 등이 뒤얽힌 묘한 감정으로 갈등하며 하루하루를 보내고 있던 어느 날, 예금을 담당하던 모 대리가 저녁 늦게 업무가 끝난 뒤 같이 식사하자고 했다. 그리고 계장급 직원 한두 명이 식사 자리에 합석했다.

그 대리는 지점에서 성격 좋기로 소문 난 사람이었는데, 술이 거나하게 몇 순배 돌아갈 즈음 나에 대해 뜻밖의 얘기를 했다.

"O 계장은 직장생활 참 빨리도 적응하네. 성격도 원만하고, 직원들과도 스스럼없이 잘 어울리고, 업무도 잘 처리하고……. 그러니 사람들한테 인기도 많지! 참 대단한 것 같아! 나는 이 나이 되도록 아직도 사람들과 어울리고 은행 일에 적응하는 데 어려움이 많거든!"

그 순간, 나는 내 귀를 의심했다. 평상시의 나는 직장생활에 불만이 많고, 업무에 대한 열정과 의욕도 떨어지고, 늘 직장을 옮겨야 하나 따위 생각을 남 몰래 해왔기에 다른 직원에게 좋게 비칠 리 없다고 생각했기 때문이다. 그런데 더욱 놀랍게도 옆자리에 앉은 다른 직원들도 그 대리의 말에 맞장구를 쳤다.

적잖이 충격을 받은 나는 회식이 끝난 뒤 집으로 오는 길에 곰곰이 생각에 잠겼다. '어쩌면 힘내라고 일부러 듣기 좋은 말을 해준 게 아닐까?' 아무튼, 그날 식사 후의 여운은 오래갔다. 이후 나의 직장생활은 모든 면에서 적잖은 변화가 생겼다. '내가 나 자신을 보는 것과 다른 사람이 나를 보는 것이 전혀 다를 수 있구나! 비록 그날 식사 자리에 함께했던 직원들의 의견이 모든 직원의 의견을 반영하는 것은 아니겠지만……. 그리고 뒤집어 생각해보면 그날 만일 평소 나를 싫어하는 직원과 식사했다면 반대로 나의 모든 언행을 부정적으로 보며 비판했을 수도 있지 않을까?'

사람에게는 누구나 인정 욕구가 있다. 남에게 칭찬받으면 누구나 좋아하고 질책당하면 싫어하기 마련이다. 심지어 '식물도 칭찬해주고 따뜻한 말을 들려주면 더 잘 자란다'는 말도 있지 않은가. 그런데 다른 사람의 호불호에 과

잉 반응하게 되면 자칫 자기 인생을 사는 것이 아니라 남의 기대를 충족시키기 위한 남의 인생을 살게 될 수도 있다. 누군가가 내게 싫은 기색을 보일 때 그 사람에게 잘 보이려고 애쓰는 일이 그런 것이다.

몇 년 전, 밀리언셀러가 된 『미움 받을 용기』라는 책이 생각난다. 심리학자 프로이트와 동시대에 활약했던 심리학의 3대 거장 중 한 사람인 오스트리아 출신 알프레트 아들러의 사상을 일본인 작가가 대화 형식으로 풀어쓴 책이다. 이 책 내용 중 "행복해지려면 '미움 받을 용기'가 있어야 한다"라는 내용이 많은 이에게 큰 공감을 불러일으켰다. 책 속 인상적인 내용을 몇 가지 요약해볼까 한다.

먼저 우리의 고민은 모두 인간관계에서 비롯되는 것이다. 열등감이나 회의감, 실망감 등은 나의 주관적인 감정으로, 내 얼굴을 주의 깊게 보는 사람은 나뿐이며 다른 사람은 내가 생각하는 만큼 나에게 큰 관심이 없다. 지금 내가 당장 해야 할 일은 내게 주어진 인생의 과제에 열심히 몰두하는 것이다.

또한 남의 숙제를 대신 해주지 말라는 것인데, 남에게 잘 보이거나 남의 기대를 충족시키고자 아무리 노력해도 나를 싫어하는 사람은 반드시 있게 마련이니 미움 받을 용기를 가지고 남의 눈치를 보지 말고 자신의 행복을 위해 살라는 것이다. 즉, 남이 나를 어떻게 보느냐 하는 것은 그 사람의 숙제이지 나의 숙제가 아니다. 남의 이목 때문에 내 삶을 희생하는 바보 같은 짓은 절대로 하지 말아야 하고, 결국 인간관계의 키는 나 자신이 쥐고 있다는 점을 깨달으라는 것이다.

아마도 당시에는 '내가 느끼지 못하는 사이에 다른 직원들이 나를 어떻게 볼까', '나 스스로 봐도 이렇게 한심한데 남들 눈에는 얼마나 한심하게 보일까'와 같은 나 자신을 향한 부정적 시각과 콤플렉스를 가지고 있었던 것 같다. 그리고 그날 식사 후 나는 '이제부터라도 있는 그대로 나를 바라보아야겠다'라고 느끼고 다른 사람의 평가와 판단에 너무 신경 쓰지 말고 내게 주어지는 일에 최대한 집중하자고 다짐했다. 나의 부족함을 인정하고 업무를 빨리 배우는 것과 책임자 자격고시 준비, 야간대학원 학위 취득, 자격증 준비 등 스스로 나태해지지 않도록 나 자신을 채찍질했다. 그런 과정을 통해 나는 자신감을 회복할 수 있었다.

입사 후 2년 반이 흘러 다른 지점으로 발령 났을 때 나름대로 목표했던 일을 어느 정도 이루었으니 이제 마무리를 잘하자는 의욕에 불타고 있었다. 그때는 이미 내 업무 분야에서는 웬만큼 자신감이 붙어 있었고, 어떤 업무든 시간만 좀 더 주어지면 얼마든지 해낼 수 있다는 생각도 들었다.

어느새 세월이 흘러 많은 후배가 입사했다. 그들을 지켜보면서 종종 뜬금없이 칭찬하는 습관이 생겼다. 인생 문제로 고민하는 후배들과 얘기 나눌 때는 '이 또한 지나가리라'라는 말로 위로도 해주었고 필요할 때는 적당히 질책도 했다. 그때마다 처음 입사한 지점에서 그 선배가 들려준 '뜻밖의 이야기'가 생생하게 귓전을 울렸다. 돌이켜보면 내가 그 당시 신입사원으로서 업무를 잘 해내지 못했을 것이고, 그런 모습을 본 선배는 이미 많은 경험을 쌓은 직장인으로서 '이 후배에게는 이 시점에 이런 말이 필요하다'고 판단해 그런 얘길 들려준 게 아닐까. 마치 참선(參禪)하는 스님에게 스승이 한마디 툭 던지는 말에 묶여 있던 화두가 깨어지는 것처럼.

혜수 백국종

경남 밀양이 본적이다. 부산에서 중·고등학교와 대학을 마쳤다. 일본 소재 지점에 과장, 지점장, 본부장으로 세 차례 근무한 일본 지역 전문가다. 호는 혜수, 항상 사리를 분별하고 의심을 끊는 슬기를 배우고 익히는 데 정진한다는 의미다. 은행 임원과 계열사 대표를 역임했다. 자신의 아호처럼 침착하게 마음을 다잡아 어려움을 이겨내는 지혜를 익히고 실천하며 은퇴 후의 인생을 차곡차곡 잘 이어가고 있다.

나의 건방졌던 지점장 시절

/ 서만호

　　　　　　　　은행원의 꽃은 지점장이라고 한
다. 2004년 3월, 내가 초임 지점장으로 수시 발령을 받아
부임한 대전북 지점은 부실여신 과다 등으로 전임 지점장
이 징계 처분을 받아 후선 배치된 곳이었다. 침체된 분위
기를 반전시키고 직원들에게 할 수 있다는 자신감을 심어
줄 필요가 있는 점포였다.

　나는 영업 부문을 강화하기 위해 영업만을 전담하는 책
임자를 두기로 했다. 지원자 중에서 영업 책임자로 갓 승

진한 윤 과장을 임명했다. 당시 대전은 노은지구 신도시 개발이 한창 진행 중이었다. 하루는 영업 전담인 윤 과장이 노은지구에 가서 대출 설명도 하고 서류도 받는 영업을 진행해보겠다고 했다. 마침 그날은 국민주택기금 대출 유치가 가능한 아파트를 사전 점검하는 날이었다.

내가 대전북 지점 근무할 때가 2004년 무렵이었는데, 당시만 해도 신규 아파트 사전 점검 시 본점에서 특별히 지원해주는 것이 없었다. 그 몇 년 후부터 은행 간 서로 경쟁이 치열하다 보니 사업본부에서 대형 텐트, 책상, 커피 등 음료나 시설물을 적극적으로 지원하기 시작했다.

윤 과장 얘기로는, 한여름에 먼지만 날리는 현장에서 영업하는 것이 녹록지 않을 것 같아 본점 등에 지원 방안을 알아보았다고 했다. 다행히 주택금융부에 파라솔이 몇 개 있다는 얘기를 듣고 신청했으나 주택금융부 담당자가 서울은 지원 가능하지만 대전은 너무 멀어서 지원해줄 수 없다며 거절했다는 거였다.

노은지구 신도시 개발지는 허허벌판에 먼지가 풀풀 날

리는 공사 현장인데, 파라솔이라도 있으면 영업하는 데 도움이 될 것 같다는 생각에 지점장인 내가 직접 지원을 요청하면 승인을 얻을 수 있지 않을까 싶어 주택금융부 담당 차장에게 전화를 걸어 파라솔 지원을 부탁했다. 그러나 결과는 마찬가지였다. 여전히 '대전에는 이송 비용 과다 지출 등으로 지원이 어렵다'라는 사무적 답변만 돌아왔다. 무더운 여름에 현장이 허허벌판인 점 등을 근거로 들어 꼭 보내달라고 여러 번 간곡히 요청했으나 '대전은 거리가 멀고 배송 비용이 너무 많이 들어 어렵다'라는 말만 앵무새처럼 되풀이했다.

파라솔 없이는 노은지구 영업 진행이 어렵다고 생각하니 갑자기 화가 치밀었다. 그냥 부탁만 해서는 안 될 것 같아 평소 소신대로 강하게 밀고 나갔다. '나도 서울 거주자인데, 은행의 명령을 받고 대전에 왔다. 은행에서 지점장 거주 아파트 임차도 해주면서 근무하게 하는데, 파라솔 보내는 비용 몇만 원이 아까워서 보내주지 못하는 것이 본점의 방침이라면, 각종 전표 등 배부에 비용이 많이 드는 지방점포는 모두 폐쇄하고 서울에서만 영업하라. 점포 폐쇄하면 내 거주지도 서울이니 서울에 가서 근무하게 해주면 될 것 아니냐. 지방 점포라서 지원을 못 하겠다면 점포를 없애는 게 맞지 않냐.' 대략 이런 식의 항변이었다. 그러고는 '당신과 이 문제로 더 대화하기 싫으니 내 말을 당신 부장에게 그대로 전해달라. 만약 그래도 파라솔 지원이 안 되면 지방 점포 지원 불가 통보 사실과 함께 은행장님께 메일로 점포 폐쇄 요청을 하겠다'라고 하며 전화를 끊어버렸다.

대전지점장도 아니고 대전의 구석에 있는 조그만 대전 북 지점장이 이렇게 겁 없이 나오니 본점 직원 입장에서는 처음 겪는 일이라 황당했을 수도 있다. 그러나 영업하는 데 꼭 필요하다는데 어쩌겠는가. 전화를 끊고 5분도 지나지 않아 주택금융부 차장이 전화를 걸어왔는데, 자기네 부장이 허락했다면서 내일 당장 보내주겠다며 죄송하다고 했다.

아무튼 이런 건방진 지점장에게 지원해준 본점 덕분에

파라솔을 챙겨들고 윤 과장과 내가 직접 아파트 사전 점검 현장에 나갔다. 우리는 이후 3일 동안 땀 흘리며 열정적으로 대출 신청서류를 받았는데, 성과가 많아 지점 사기를 크게 올려주는 뿌듯한 결과로 이어졌다.

대전북 지점의 주요 고객은 한빛아파트 3,144세대에 사는 카이스트 직원과 그 가족들이었다. 지점은 그 아파트 내 상가 2층에 자리하고 있었다. 하루는 아파트 부녀회장과 간부 몇 명이 나를 찾아와 아파트 내 도로가 위험하니 가드레일 설치비용 2,000만 원을 지원해달라는 강요 비슷한 부탁을 해왔다. 말도 안 되는 요구라는 생각에 처음엔 무시해버릴까 하다가 마음을 바꾸었다. 아파트 단지 중앙의 상가에 위치한 지점으로서 아파트 주민을 상대로 영업하는데, 아파트 부녀회의 요청을 거절하고서 제대로 영업할 수 있을 것 같지 않았기 때문이었다. 오히려 이번 기회로 부녀회와 좋은 관계를 만들고 유지하면 개인고객 영업에 큰 도움이 될 것으로 판단했다. 이에 본점에 도움을 요청하기로 결정하고 PB 담당 책임자가 본점과 협의해보기로 했다.

그런데 우려했던 대로 우리은행의 고질병이 나의 예상을 한 치도 벗어나지 않았다. 본점 영업지원단 경비 담당 직원은 아파트 가드레일 설치를 위해 경비를 지원한 사례가 없어 불가능한 일이라고 했다. 그러나 우리 지점으로서는 아파트 부녀회와의 관계 등을 고려할 때 꼭 필요한 지원이라고 판단했다. 자칫 부녀회와 관계가 나빠질 경우 앞으로 개인영업 자체가 매우 어려워질 게 불을 보듯 훤했기 때문이었다.

또다시 '건방진 지점장'의 주특기가 발동될 타이밍이었다. '영업을 위한 일에는 은행장님 이하 임원을 비롯한 모든 부서의 사람들이 영업점을 이길 수 없다'라는 소신과 자신감을 가지고 영업지원단 경비 담당 직원에게 전화를 걸었다. 대전북 지점장이라고 하자 담당자의 답변에서 심드렁하고 귀찮아하는 말투가 느껴졌다. 나는 영업에 필요한 일에 대한 자신감이 있었기 때문에 길게 설명할 필요를 못 느꼈다. 그저 예전에 했던 대로 "사례가 없으면 본점은 얼마든지 만들 수 있는 권한이 있는 거 아니냐. 아파트 주민을 상대로 정상적인 영업 자체가 어려운 상황에서 무조건 사례가 없어서 지원하지 못하겠다고 하면 영업하지 말라는 말과 뭐가 다르냐. 사례도 없는데 애써 지원하려고 피차 고생하지 말고 차라리 우리 점포를 폐쇄하자"라는 파격적 주장을 하니 담당 직원이 당황하는 것 같았다. 나는 내친 김에 "부녀회의 요청을 백퍼센트 거절하면 영업 자체가 힘들어질 게 뻔하니 어떻게든 지원해줄 수 있는 방향으로 논의해달라"고 설득했다. 그러면서 "끝내 지원이 안 되면 행장님께 메일을 보내 여기서 정상적 영업을 할 수 없으니 점포를 폐쇄해달라고 요청하겠다"라고 강하게 얘기한 뒤 전화를 끊었다.

다행히도 그 후 본점의 입장이 크게 바뀌었고, 다음과 같이 결론이 내려졌다. 지점장의 의지가 강하다는 점과 특수한 영업 환경 등을 고려하여 지점은 1,000만 원으로 감액된 금액으로 부녀회와 협의할 것. 본부에서는 영업지

원단이 500만 원, 개인고객 지원부가 500만 원을 경비로
배정할 것.

부녀회에 그간의 어려움과 사정을 잘 설명하고 양해를
구하면서 1,000만 원을 지원하겠다고 했다. 그러자 미팅
에 나온 부녀회 임원들이 무척 고마워했다. 아마도 우리
은행 100년 역사상 아파트 내 도로 가드레일 설치비 지원
은 그때가 처음이자 마지막이지 않았을까.

나는 서울에서 지점장 근무를 하지는 못했다. 마지막
지점장으로 일한 곳은 수원 영통지점이었다. 영통지점의
거래기업 중에 삼성전자 협력업체인 T 기업이 있었다. 대
출은 전혀 없고 정기예금만 300억 원 예치하고 있어 은행
에 별로 아쉬울 게 없는 거래처였다. 삼성전자 공장 안에
있는 이 회사를 방문하려면 엄격한 보안 시스템을 통과해
야 하는 불편함도 있었고 회사에서도 은행원의 방문을 반
기지 않았다.

나와 담당자는 여러 가지 구실을 만들어 T 사를 어렵게

방문하며 꾸준히 관리했다. 그러던 중 그 회사의 정기예금 만기일이 다가왔다. T 사는 정기예금 재예치를 위한 금리 제안서를 여러 은행에서 받았다. 우리는 각 은행의 입찰 금리를 알아내기 위해 그동안 적극적으로 유지해온 관계를 최대한 활용했다. 그리고 우여곡절 끝에 각 은행이 제시한 예금 금리를 알아냈다. H 은행이 제시한 금리가 우리은행 금리보다 0.1퍼센트 더 높았다. 이대로라면 우리 지점에 예치돼 있는 300억 원이 H 은행 쪽으로 갈 거라는 게 자명했다. 그러나 T 사는 만약 같은 금리라면 그동안 지속해온 좋은 관계를 고려하여 우리 지점에 재예치하겠다는 입장을 표명했다.

그러나 상황은 여전히 녹록지 않았다. H 은행이 우리은행보다 더 높은 금리를 제시했기 때문이었다. 지점 담당자는 H 은행이 최종적으로 제시한 금리가 우리은행으로서는 손실 금리이기 때문에 그 수준에 맞춰주기는 불가능하다는 것이 본부 자금부의 입장이라고 했다. 나는 그 예금이 이탈하면 부수 거래까지 이탈할 위험성이 있다고 판단했다. 이런 상황에서 본부의 금리 정책 때문에 고작 0.1 퍼센트 금리 차이로 300억 원이라는 거액의 예금을 포기할 수는 없었다. 나는 H 은행이 제시한 금리를 적용해도 지점은 물론 우리은행 전체 입장에서도 이익이라고 판단했다. 당시 금리가 상승기에 있었다는 점이 나의 판단의 주요한 근거였다.

본부 자금부에 금리 문제를 다시 한번 네고(Nego)해줄 것을 요청했다. 그러나 그 금리로는 손실이 예상된다며 즉각 부결 처리되었다. 부득이 다시 한번 전화를 걸어 사정을 이야기하고 H 은행과 금리를 맞춰달라고 요청했다. 하지만 우리은행 본부 직원의 고질병인 거만한 데다 지점장을 무시하는 듯한 말투로 빨리 전화를 끝내려고 하는 기색이 역력했다. 그도 그럴 것이 본부에서 보면 나는 전국 1,000여 명의 지점장 중 한 명에 지나지 않았을 테니까. 경쟁이 치열하다 못해 전쟁터와도 같은 지점의 입장은 고려 대상조차 아니라는 듯한 그의 태도에 나는 자존심이 상하고 화가 났다. 영업 현장을 대놓고 무시하는 자

나의 건방졌던 지점장 시절

금부 담당 직원의 못된 태도를 뜯어고쳐야겠다는 생각에 강하게 나가기로 했다. 내가 전화로 여러 가지 설명을 하자 담당자는 이미 다 아는 내용이라는 듯 무성의한 답변으로 일관했으며 이따금 비웃는 듯한 어투마저 내비쳤다. 그런 본점직원의 답변 태도를 구실 삼아 "태도가 너무 건방지고 불쾌하다. 나를 지금 무슨 거지로 보는 거냐. 지금부터 내가 하는 말 잘 들어라. 당신이 어떻게 자금부에서 근무하게 됐는지 모르지만 능력이 없으면 차라리 지점으로 가라. 당신같이 무능한 직원이 본부에 있으면 우리은행 1만 5,000명 직원이 고생한다. 그 이유는 H 은행 자금부 직원은 우리보다 0.1퍼센트 더 높은 금리를 주고도 이익이 되니까 그 금리를 승인해주었는데, 우리은행은 당신같이 능력 없는 직원이 그 중요한 자리를 차지하고 앉아 자금 운용을 잘못하는 바람에 손해를 보게 되었기 때문이다. 당신은 거래처에서 경쟁은행이 제시한 금리를 알아오는 데만도 평소 얼마나 많은 노력이 필요한지 아느냐. 제대로 자금 운용할 능력이 없으면 지점으로 가라"라고 건방지게 말하고는 "한 시간 이내에 긍정적 답변을 주지 않으면 내가 지금까지 한 말을 그대로 적어 은행장님께 메일을 보내겠다"라고 강하게 말한 뒤 전화를 끊었다.

그 후 30분 남짓 시간이 흘렀을까. 놀랍게도 네고 금리 승인 통보 전화가 왔다. 담당자와 함께 T 기업을 방문하여 감사 인사와 함께 다른 거래도 해달라고 간곡히 부탁하자 100억 원을 추가해서 총 400억 원을 재예치하겠다는 약속을 받았다. 지점으로 돌아오는 발걸음이 날아갈 듯 가벼웠으나 다른 한편으로 자금부 직원에게 심하게 말한 것이 마음에 걸렸다. 아무튼 그 후 우리 지점은 T 기업으로부터 거액의 외환 실적을 예금 거래로 유치할 수 있었다.

지나간 시간을 돌아보면 나는 부인할 수 없는 '건방진 지점장'이었고, 관련된 본부 직원들에게 일방적이고 무리한 요구도 많이 한 것 같다. 대전북 지점, 수원 영통지점에서 같이 근무한 직원들과는 꾸준히 좋은 관계를 유지하여 15년의 시간이 흘러간 지금까지도 매월 빠짐없이 모임을 이어가고 있다. 그들과 매월 정기적으로 만나 식사도 하며 즐겁게 그 시절을 회상할 수 있는 것은 어쩌면 나의 '건방진 지점장' 태도가 그들에게 그래도 좋은 지점장으로 기억되기 때문이 아닐까 하며 혼자서 아전인수식 해석도 해본다.

상월 서만호

충남 논산에서 태어났다. 논산, 공주에서 중·고등학교를 마친 뒤 서울에서 대학을 졸업했다. 조용하고 부드러운 성품이지만 옳고 그름의 이치를 잘 헤아린다. 은행 퇴임 후 관계사 대표 등을 역임했다. 지금까지 모나지 않은 언행을 견지하며 주변인들과 잘 어울리고 소통하면서 인생 후반부를 차곡차곡 잘 채워나가고 있다. 호는 상월이다. 밤하늘에 떠오른 달이 은은하고 환한 빛을 비추어 어두운 곳을 밝혀주듯이 늘 어렵고 힘들어하는 누군가에게 한 줄기 빛과 희망이 되고 싶다는 의미로 지었다.

축구와 영업 이야기

/ 정징한

　　　　　　　지금으로부터 40년 전인 1980년
8월 16일은 내가 은행에 처음 입행한 날이다. 학군 장교
(ROTC)로 임관하여 2년 4개월의 군 복무를 마친 나는 사회
초년생으로 우리은행 동대문지점에 발령받았다. 그런데
그 시절에는 지점 간 온라인이 연결돼 있지 않아 모든 업
무를 수작업으로 했다. 그랬기에 지점의 직원 수가 지점
장 포함 무려 104명이나 되었다.

　같은 날 동대문 지점에 발령받은 동기와 함께 첫 출근

을 했다. 당시 서무 담당 차장님(지금의 부지점장)이 무역학을 전공했다는 이유로 외환계로 배정해주어 원자재 사후 관리 업무를 담당하게 되었다. 당시에는 서울의 사대문 안에 있는 점포만 외국환 업무를 할 수 있었다. 1980년 무렵 우리나라는 경제 발전의 전성기를 구가했으며 수출 위주의 경제 정책을 수립했다. 그러므로 외국으로부터 신용장만 받으면 생산 자금, 원자재 규제 자금 등 무역 금융이 가능했을 뿐 아니라 종합 무역상사를 설립할 수도 있던 시절이었다.

어느 날, 지점의 분회장(지점의 노동조합 대표) 전체 회의가 있으니 업무를 서둘러 마치고 영업장에 모이라는 통보를 받았다. 동대문지점에 근무한 지 8개월 남짓 지났을 무렵의 일이다. 분회장 혹은 대의원 선거 같은 특별한 일이 있을 경우가 아니면 저녁에 모임이 잡히는 경우가 거의 없는데 웬일인지 궁금해하며 하나둘 모였다. 뜻밖에도 그날 모임의 주제는 노동조합 위원장배 체육대회였다. 대회 종목은 입장식, 축구, 줄다리기, 이어달리기, 줄넘기였는데,

2개월 동안 전 행원과 대리가 새벽 5시 30분까지 연습을 위해 성균관대학교 운동장에 집합해야 한다고 했다. 또한 종목별로 선수 명단을 만들어야 하고, 책임자가 조장이 되어 함께 연습해야 하며, 필요 경비는 자판기 수익과 대리, 차장, 지점장에게 지원받아 목욕비와 식비를 충당한다는 얘기도 덧붙여졌다.

나는 처음 하는 경험이었기에 노동조합 위원장배 체육대회가 얼마나 중요한 행사인지 잘 몰랐다. 또 도대체 무엇 때문에 두 달 동안이나 그토록 열심히 연습해야 하며 경비 지원도 받아내야 하는지 등 회의에서 선배들 사이에 오간 내용이 잘 이해되지 않았다. 그렇기는 해도 선배들의 독려로 나는 한 번도 빠지지 않고 축구선수로서 열심히 연습에 참여했다. 지점장님은 1박 2일 동안 호텔에 묵으면서 가장 효율적인 계 이동을 위해 축구의 득점 전략을 응용하여 지점의 영업 효율을 극대화하기 위해 고민하신다고 들었다.

예를 들면, 당좌계 대리가 두 명일 경우 한 명은 차장과 소통이 잘 되는 대리를 배치하고, 다른 한 명은 적절히 견제할 수 있는 대리를 계 이동하는 식이다. 또한 체육대회의 부정적 측면을 부각해 불필요하게 만드는 것은 낭비일 뿐이며 오히려 긍정적 측면을 강조하고 확대하여 영업 활성화의 계기로 활용하는 것이 바람직하다는 생각이다.

그 후 나는 체육대회를 준비하는 과정에서 벌어지는 모든 일의 긍정적 측면을 보려고 노력했다. 그런 노력은 나의 은행 생활에 활력소가 되었으며 새로운 전환점을 만드는 계기가 되어주었다. 운동 연습에 늦게 나온 데 대한 선배들의 꾸지람도 고깝게 듣지 않고 넉넉히 받아주는 후배, 흠뻑 땀을 흘린 뒤 목욕탕에서 함께 벌거벗은 몸으로 등을 밀며 격려해주는 선배, 그리고 아침마다 마주 앉은 채 오가는 따뜻한 밥 한 공기 속 대화가 우리를 단단하게 묶어주는 매듭이 되는 것을 보았다. 축구의 전술이 골을 넣기 위한 것이라면 영업점의 계 이동은 최고의 실적을 올리기 위한 전술이다. 단체 줄넘기가 단합과 인내심을 위한 것이라면 영업점 역시 지점장을 구심점 삼아 직원 상호 간 공동 목표를 달성하기 위한 추진력이 되어야 한다. 이어달리기는 서로의 마음을 읽기 위한 연습이 되어야 하고, 줄다리기는 모두 하나 됨의 원천이 되어야 한다.

요즘 미국과 일본에서는 근로자의 건강 향상을 통해 조직의 활력을 높이고 실적 개선을 도모하는 경영 전략의 일환으로 건강 경영을 중요시한다. 개인에게는 신체 및 정신 건강을 향상해 직무 몰입도와 만족도를 높이고 일상생활의 균형을 찾게 하며, 기업에는 근로자의 의료비 부담을 감소시키고 업무 성과를 개선하게 한다는 것이다.

비록 체계화되어 있진 않았으나 우리은행은 40년 전부터 이미 건강 경영을 꾸준히 해온 것이라는 생각이 들었다. 나는 입행 초기에 배운 노조 체육대회의 긍정적 측면을 기반으로 하나 되는 조직을 만들기 위한 노력을 게을리하지 않았다. 또 어떤 행사든 의미를 부여하여 노력 대비 몇 배 이상의 성과를 창출하기 위해 최선을 다했다. 그 결과, 우리은행 최초의 '베스트 매니저' 호칭을 얻기도 하고 스타상을 받기도 했다. 과거 선배들의 후배에 대한 관심과 애정이 시간이 많이 지난 지금에 와서야 되돌아보면 볼수록 그리워진다.

노조체육대회에서 즐기던 축구가 지금도 내 건강의 밑바탕이 되고 있다. 앞으로도 나는 토요일, 일요일 새벽이면 꾸준히 운동장에 나가 조기축구회 회원들과 부대끼며 한바탕 땀 흘린 뒤 함께 아침 식사를 할 것이다. 그러면서 아직 우리가 건강함에 감사드리고, 오늘도 내일도 운동장에서 공을 몰며 상대편 골문을 향해 힘차게 달려갈 것이다.

운산 정징한

호는 운산. 경남 마산에서 중·고등학교와 대학을 다녔다. 학군 장교로 병역
의무를 마치고 바로 은행에 취업했다. 꾸준한 운동으로 다져진 건강한 몸과
열정으로 영업 부문에서 뛰어난 성적을 자주 거두어 동료와 후배들의 본보
기가 되었다. 자회사 고위 임원을 끝으로 퇴임했지만 그동안 축적된 경험과
지혜를 필요로 하는 지방의 이름난 회사에서 수년간 더 일했다. "아들딸 구별
말고 하나 낳아 잘 기르자"라는 표어가 상징하듯 산아제한, 가족계획이 강하
게 추진되던 시절임에도 슬하에 1남 2녀를 두었다. 지금은 손자들과 혈육의
사랑을 주고받으며 지낸다.

좋은 지도자를 뽑으려면

/ 조용흥

· 지식(knowledge)과 지혜(wisdom)의 차이

· 실패(failure)와 성공(success)의 차이

· 철학(philosophy)과 웅변(eloquence)의 차이

2002년 12월 19일 치러진 대통령 선거에서 노무현 씨가 대통령에 당선되었다. 선거 결과에서 느낀 점을 세 가지 관점에서 보고자 한다.

첫째, 당시 제16대 대통령 선거의 승패는 어느 후보자

가 지식과 도덕성을 겸비하고 있느냐보다 싸움에서 이길 수 있는 전략적 사고력과 지혜를 가지고 있는가에 달려 있었다고 본다. 여기서 지혜란 단순한 지식이 아니라 다양한 지식과 체험이 어우러져 이루어진 결정체, 또는 왕성한 호기심과 풍부한 생활 체험에서 빚어지는 결과물이 아닌가 싶다.

당시 선거에서 노무현 씨의 승리는 학문적 지식 양이 대선의 결정적 승리 요인이 되지 않는다는 점을 여실히 보여주었다. 그보다는 급변하는 환경에서 유권자의 달라진 사고와 인터넷 세상의 강력한 영향력을 간파하여 전략적으로 대응하고 변화된 거대한 패러다임을 읽어내는 지혜의 측면에서 이회창 씨보다 한 차원 뛰어났기 때문이 아닌가 생각한다.

둘째, 우리의 삶은 수많은 성공과 실패로 이루어져 있는데, 이 성공과 실패는 지팡이의 양쪽 끝과 같아서 따로 떨어져 있는 것이 아니라 언제나 하나로 연결되어 있다는 점이다. 이러한 관점에서 볼 때, 당시 한나라당이 지역 보궐선거에 압도적 지지를 얻어 승리한 것은 필연적으로 그 안에 실패의 위험성을 잉태하고 있었다고 할 수 있다. "성공만큼 큰 실패는 없다(Nothing fails like success.)"라는 말도 있지 않은가! 즉, 지역선거 승리는 지팡이의 다른 한쪽 끝인 실패에 대비하는 노력을 등한히 하게 하고 방심하게 하여 진정한 승부처인 대선에서의 참패로 이어졌다는 분석인 것이다. 반대로 노무현 진영에서 볼 때는 이러한 계속적 실패가 오히려 성공의 중요한 한 축임을 꿰뚫어 보고 철저히 대비하여 성공을 이루어낸 것이 아닌가 생각한다.

2003년 2월 25일 노무현 대통령이 취임했다. 그날 김수환 추기경님이 "지금은 축하할 때가 아니고 임기를 마치고 청와대를 떠나는 그날 축하받을 수 있는 대통령이 되셨으면 한다"라고 남기신 말씀이 기억난다. 김대중 대통령 또한 임기 중에 항상 5년 후 존경받는 대통령으로 남기 위해 좀 더 노력했다면 자식 문제로 고통받는 일은 피할 수 있지 않았을까. 여기에 '개혁'에 관한 나의 생각을 짧게 덧붙이자면, 역대 정권의 사례에서 보듯 개혁이란 결코 말처럼 쉬운 일이 아니지만, 정상에 서는 순간 내려갈 길을 대비해야 하고 정권을 쟁취하는 순간 개혁을 부르짖는 자신들이 이미 개혁의 대상이 되기 쉽다는 점을 명심해야 한다는 점이다. 또 그 연장선에서 늘 겸손한 자세로, 철저히 원칙에 따라 개혁을 추진해야 한다.

셋째, '철학'과 '웅변'에 관한 생각이다. 철학은 '무엇을' 말해야 하는가를 가르쳐주는 반면 웅변은 '어떻게' 말해야 하는지, 즉 어떻게 말해야 상대방을 설득할 수 있는지를 가르쳐준다. 당시 선거에서 이회창 씨와 달리 노무현 씨는 유권자를 대상으로 감성에서 우러나오는 진정성 있는 눈물로 마음을 움직였고 어렵고 소외된 사람들의 손을 잡아주는 웅변으로 성공을 기반을 다질 수 있었다고 본다.

당시로부터 18년이 지난 2021년 현재, 앞으로 다가올 선거에서 어떤 사람을 뽑을 것인가 하는 문제와 연관 지어 내 나름대로 우리가 관심을 가졌으면 하는 점 몇 가지를 제안해보고자 한다.

먼저 후보자들의 가면 뒤에 숨은 실체를 제대로 파악하기 위해 관찰하고, 관찰하고, 또 관찰해야 한다. 사회생활을 하다 보면 사람은 누구나 자신이 가장 멋지게 보일 만한 가면을 쓰기 마련이다. 하물며 이미지로 먹고사는 정치인은 더 말해서 무엇하랴. 정치인은 우리 같은 평범한 사람보다 그런 면에서 훨씬 더하면 더했지 절대로 덜하다고 보지 않는다. 겉으로 보이는 모습보다 특히 표정이나 목소리, 몸짓, 발걸음 등의 비언어적 신호를 통해 최대한 실체에 근접한 모습을 간파할 수 있도록 노력해야 한다.

그다음으로 후보자의 성격을 주의 깊게 파악해야 한다. 이는 유권자가 자신이 지지할 인물을 선택하는 일에 있어서 매우 중요한 고려 요소라고 생각한다. 사람의 성격은 하루아침에 형성되지 않으며, 대통령 후보자 역시 마찬가지다. 게다가 나이가 들수록 한 번 형성된 성격은 여간해서 바뀌지 않는다. 그러므로 우리는 투표하기 전 후보자가 과거에 했던 말과 행동을, 그리고 지금 하는 말과 행동을 잘 살펴보아야 한다. 그 말과 행동에 도리에 어긋나고 상식에 반하는 것이 없는지, 과거의 언행과 현재의 언행이 서로 불일치하지 않는지, 그때그때 상황과 여건에 따라 자신에게 유리한 방향으로 말을 바꾸고 행동을 고치지 않는지 등을 꼼꼼히 짚어보아야 한다. 그 과정에 그 후보자의 기본 인성과 사람의 '밑바닥'을 어느 정도 간파할 수 있어야 한다.

우리는 '어떤 사람이 돈과 권력을 손에 넣더니 백팔십도 바뀌었다'라는 식의 얘기를 종종 한다. 또 우리는 이따금 특정 정치인의 도저히 이해하기 어려운 이상한 언행을 목격하거나 사회적으로 크게 문제가 되는 재벌가의 갑질 행태 등을 언론 매체를 통해 접하며 놀라곤 한다. 그들은 왜 대중에게 지탄받아 마땅한 그런 행위를 할까? 흔히 생각하는 대로, 단지 그들이 많은 돈과 막강한 권력을 가졌기 때문이라기보다는 그들 '밑바닥'에 잠재해 있는, 오랫동안 굳어질 대로 굳어져 고치기 어려워진 부정적 사고와 성격, 습관이 평상시에는 감춰져 있다가 어떤 일을 계기로 드러나는 것이라고 본다. 따라서 우리는 사람을 평가

좋은 지도자를 뽑으려면

할 때, 그리고 후보자를 평가할 때 그 사람의 과거 언행을 면밀히 살펴봄으로써 그의 본질과 원형을 이해하려고 노력해야 한다.

여기에 한 가지 점을 더 든다면, 후보자가 집단의 영향력에 얼마나 지혜롭게 대처할 수 있는가를 보아야 한다. 현대사회는 그야말로 터진 봇물처럼 넘쳐나는 엄청난 정보의 홍수 속에서 SNS 등을 통해 같은 생각과 이해를 가진 집단이 쉽게 만들어지고 뭉치며 위력을 발휘하는 세상이다. 사람은 누구나 집단 속에서 활동할 때 개인적으로 있을 때와는 전혀 딴 사람이 되기 십상이다. 제4차 산업혁명이 한창 진행 중인 시대의 차기 대통령 후보자는 이렇듯 개인이 한편으로 자신의 독립성과 개성을 유지하면서도 다른 한편으로 강력한 집단을 이루고 거대한 목소리를 내며 사회를 움직이는 독특한 구조와 메커니즘에 대한 통찰력을 가지고 있어야 한다. 이런 관점에서 니체의 말은 한 번쯤 곱씹어볼 만하다.

개인에게서는 광기를 찾아보기 어렵다. 그러나 집단, 파벌, 국민, 어떤 시대는 광기가 지배한다.

마지막으로, 차기 대통령 후보자가 시대가 요구하는 포괄적 지식을 갖추었는지 여부를 꼼꼼히 확인해볼 필요가 있다. 다시 말해, 내가 선택하려는 후보자가 과연 시대의 흐름을 읽는 눈을 가진 사람인가 하는 점이다. 정치는 과거와 현재에 집중하는 경향이 있다. 인간의 삶에서 영원불변하고 항상 고정되어 있는 것은 아무것도 없다. 표면 아래에는 언제나 불만이 있고 변화를 향한 갈망이 있다. 시야를 흐릴 위험성이 있는 과거의 낡은 관점이나 구태의연한 습관을 과감히 떨쳐버릴 수 있고, 대중 정서의 밑바닥을 흐르는 불만과 온갖 불협화음을 찾아내어 과감히 대처하고 고쳐내며 더 나은 미래를 만들어갈 능력이 있는 사람을 선택해야 한다. 이를 위하여 정치인들도 각자 좁고 제한된 지식의 틀에서 벗어나 좀 더 폭넓은 지식과 관점으로 세상을 보려고 노력해야 한다.

좋은 지도자를 뽑으려면

이제 정치, 외교, 안보는 물론 경제, 금융, 사회, 문화를 모두 아우르는 통섭적 지식이 절실히 필요한 세상이 도래했다고 본다. 그런 통섭적 지식과 통찰력 없이는 한 국가를 제대로 이끌 만한 지도자가 되기는 어렵지 않을까.

* 2022년 대선을 눈앞에 둔 시점에, 20년 전인 2002년 12월 19일의 대선 결과를 나름대로 분석해봄으로써 우리가 관심을 가졌으면 하는 점 몇 가지를 이 글에 정리해서 적어보았다. 이 글의 내용은 전적으로 개인적인 견해임을 밝혀둔다.

2부 삶은 선택의 연속이다

청담 조용홍

부산에서 태어났다. 중·고등학교는 부산에서 다녔고 대학은 서울에서 마쳤
다. 은행 근무할 때 미국 뉴욕과 남다른 인연을 맺었다. 과장 때 뉴욕지점에서
근무했고 후일 뉴욕지점장으로 그곳에 다시 갔다. 은행 퇴임 후에는 미국 현
지법인장(우리아메리카은행)으로 또 뉴요커가 되었다. 임기를 마친 뒤 서민금
융 관련 회사의 대표와 고문을 역임했다. 호는 청담. 늘 마르지 않는 깊고 푸른
못처럼 변함없는 마음으로 사람과 이웃을 보듬고 감싸는 삶을 추구한다.

공감능력이 필요한 시대

/ 김시병

아침부터 마음은 판결에 가 있었다. "직무집행정지 처분이 검찰의 독립성을 보장한 검찰청법 취지를 몰각(沒却)했다." 마음이 편안해졌다. 부장판사 한 사람이 정부가 무엇을 위해 존재하는지 일깨워 주고 법의 신성함을 지켜낸 것이다. 사법 역사에 남을 판결이라는 이야기가 나오는 이 판결을 한 부장판사는 6수를 하였고 제자리로 돌려보낸 검찰총장은 9수를 한 것으로 알려져 있다. 6수와 9수를 하려면 긴 시간의 횡포를 어떻게 견디어 냈을까 생각하다 문득 정민 교수가 쓴 책에 나오는 '다산과 황상의 만남 장면'이 떠올랐다.

유배 이듬해인 1802년, 다산은 절을 올리는 15세 더벅머리 소년 황상이 재목임을 바로 알아보았다. 둔하고, 꽉 막혔고, 답답한 저 같은 아이도 공부를 할 수 있을지 수줍은 얼굴로 쭈뼛대며 묻는 소년에게 스승은, 공부는 너 같은 아이가 해야 한다며, 송곳은 구멍을 쉬 뚫어도 곧 다시 막히지만, 둔탁한 끝으로는 처음 구멍을 뚫기는 어렵지만 한번 뚫리면 막히는 법이 없다. 둔탁한 끝으로 구멍을 뚫으려면 부지런히 해야 한다. 부지런히 하려면 마음을 확고하게 다잡으면 된다고 가르친다. 제자는 스승의 가르침을 평생 지켰다고 한다. 6수와 9수를 한 두 사람도 처음부터 송곳이 아니라 둔탁한 끝으로 세상의 소음에도 쉬 막히지 않을 든든한 구멍을 뚫으려 마음을 다잡은 것이 아니었을까?

그 무렵 〈시적 정의와 법치주의〉라는 칼럼이 《한겨레신문》에 실렸다. 마사 누스바움(Martha Nussbaum)의 시적 정의를 소개하며 '검찰총장이 법치주의를 수호하겠노라고 목소리를 높이는데 섬뜩한 뉘앙스가 느껴졌다. 그가 시적 정의를 가슴으로 읽어봤다면 마음이 놓일 것 같다'라는 내용이었다. 시적 정의를 읽어보았다. 시적 정의의 개념은 재판관에게 문학적이기를 요구한다. 저자는 '문학작품을 읽는 독자들은 자연스럽게 작품 속에서 일어나는 사건들에 대하여 애덤 스미스가 말한 공평한 관찰자가 되는 훈련을 받게 되며, 공감능력이 공평한 관찰자로서의 감정이며, 재판관이 갖추어야 할 공적 합리성은 바로 이 공평한 관찰자의 감정이라고 말한다. 문학적 상상력은 재판관이 그 사람과 비판적인 거리를 두면서도 그 사람의 처지와 감정을 이해하도록 하는데, 문학작품을 읽으면 공감능력이 커져 현실에서 사건을 보는 자세에도 영향을 준다'라는 것이다.

장관이 검찰에게 대놓고 복종을 요구하는 시점에 총장에게만 공감능력을 요구하는 것이 형평에는 맞지 않지만, 나는 검찰이 시적 정의를 가슴으로 읽었으면 한다는 의견

2부 삶은 선택의 연속이다

에 공감한다. 그리고 '검사는 재판에서 양립하는 어느 한 쪽의 평범한 대리인이 아니다. 단순히 권한을 행사하는 게 아니다. 공정하게 행사해 정의가 실현되도록 해야 한 다'라는 미국 대법원의 의견에 더욱 공감한다.

이제 공감능력은 국가 지도자에게 더 필요해 보인다. "각하, 문학을 읽으십시오." 얀 마텔이 자신의 책 한국어 판 서문에 당선자이던 박근혜 전 대통령에게 보내는 서신 을 실었다. 그 서신의 한 문장이다. '위대한 대통령의 반 열에 올라서기를 바라는 마음에서 소설이나 시집 혹은 희 곡을 항상 침대 옆 작은 탁자에 놓아두도록 권했다. 긴장 을 풀고 휴식하며, 혼자 생각하고 세상사에 대하여 숙고 할 시간이 필요한데, 독서가 도움이 되며, 픽션을 읽기를 권했다. 그것이 새로운 세계를 꿈꾸는 하나의 방법이며, 정치인이 원하는 것이 새로운 세계, 더 나은 세계를 이룩 하는 것이 아니겠느냐'는 내용이었다. 사무치는 아쉬움이 남는다. 박 전 대통령이 이 편지를 읽었다면, 그래서 서재 에서 보고서 대신 문학작품을 읽고 공감능력이 나아졌다면, 나환자들의 손을 잡고 위로하던 어머니의 모습을 기억했더라면 2014년 4월 17일 오후 진도체육관의 모습은 달라졌지 않았을까? 연단 앞으로 뛰어나와 무릎 꿇고 두 손 모아 아이 살려달라고 울먹이는 40대 어머니를 왜 단상 아래로 내려가 부둥켜안고 함께 펑펑 울지 못했을까? 함석헌 선생은 눈에 눈물이 고이면 그 렌즈를 통하여 하늘나라가 보인다고 했는데. 30분만 머무를 것이 아니라 며칠 같이 머무르며 애타는 아이 엄마들 손잡고 위로해줄 생각을 왜 못했을까? 내 아이처럼 가슴 아파하는 국민들도 진심으로 위로를 받고 나라가 한마음이 될 수 있었을 텐데. 중앙일보 이상언 기자는 당시 모습을 전하며 뒤돌아보면 이 지점이 육 여사가 물려준 국모의 이미지와 위대한 지도자가 될 수 있는 기회를 모두 날려 보내고 추락하기 시작한 지점이었다고 썼다.

빌리 브란트 총리는 1970년 유대인을 학살한 비극의 현장에서 헌화를 하다가 무릎을 꿇었다. 기념물 앞에 서서 추모 리본을 바라보다 헌화만으로는 충분하지 않다는 생각이 들었다고 한다. 어떻게 총리가 무릎을 꿇을 수 있었을까? 나는 공감능력의 힘이라고 생각한다. 이후 주변국들은 서독을 믿게 되었고, 지금의 강대국 독일로 성장하는 데 바탕이 되었다고 한다.

우리나라에도 기억할 만한 일이 있었다. 2011년 11월 23일 연평도 포격도발 전사 장병·희생자 1주기 추모식에 참석한 총리는 쌀쌀한 날씨에 굵은 장대비가 내리는데, 우산을 받쳐 든 비서에게 우산을 치우라고 했다. 내리는 비를 그대로 맞으며 기념식을 하고 용사들의 비석을 쓰다듬은 이는 김황식 전 총리다. 국가를 대표한 총리의 진심에 많은 국민들이 위로를 받았을 것이다. 다른 참석자들은 우산을 쓴 가운데 비에 젖고 눈이 충혈된 총리의 모습을 보며 그가 법조인이 되지 않았으면 문인이 되었을 것이라고 한 기사 내용이 떠올랐다.

국가 지도자의 힘은 법적 권한에도 불구하고 국민을 설득하는 데서 나오며, 설득의 힘은 진정성과 공감능력에 달려 있다고 한다. 지도자를 뽑을 때 독서목록도 보아야

공감능력이 필요한 시대

하고 위대한 작가에 대한 견해도 물어 보아야 나라의 불행이 줄어든다는 러시아 시인의 말도 같은 의미일 것이다. 어디 지도자들뿐이랴. 고염무는 천하 흥망은 필부에게도 책임이 있다고 했다. 필부의 삶과 문화 수준이 높아지면 사회와 정치의 수준도 높아지는 것이다. 필부인 나부터 나아져야 하는 것이다. 젊은 의사가 방송에서 코로나 사태에서 중책을 맡고 있는 선배에 대해 "그 분은 자리에 대한 권한보다 책임에 집중하는 사람입니다"라고 말하는 것을 들으며 나는 희망을 느꼈다. 인사청문회의 소음 속에서 권한보다 책임을 중시하는 한 필부(?)의 시선은 신선했다. 문학작품은 읽지 않고 다른 책만 보느냐는 아내의 잔소리를 이제는 알아들을 것 같다. 괜찮은 서재를 손자에게 물려주고 싶다.

인하 김시병

경북 의성이 고향이다. 은행에서 근무할 때 주로 기업이 처한 여러 상황을 분석하고 판단하여 대출을 결정하는 여신심사나 투자 분야에서 오랜 경력을 쌓았다. 당시 직원들 사이에서 '여신 심사의 전문가'로 이름이 나 있었다. 퇴임 후 몇 달 휴식 기간을 거친 뒤 지금까지 유명 건설회사의 전문 경영인으로 계속 활동을 이어가고 있다. 사실 은행에서 평생을 보낸 이들에게 새로운 일터는 구현하기 어려운 과제다. 설사 제2의 직장을 구한다 해도 몇 해 동안 계속 근무하기는 참 어렵고 아주 드문 일이다. 호는 '어진 사람들이 모이는 큰 집'이라는 뜻의 인하.

유발 하라리의 『호모데우스』에 대한 반론

/ 김종근

장면 1

데이비드 핀처 감독이 연출하고 브래드 피트와 케이트 블란쳇이 주연한 공상과학 판타지 영화 〈벤자민 버튼의 시간은 거꾸로 간다〉는 80세의 신체를 갖고 태어난 아기가 시간이 지날수록 점점 젊어지면서 겪는 아름다운 사랑과 가슴 아픈 이별 이야기를 다룬다.

영화 속 주인공처럼 갓난아기로 돌아갈 정도로 노화라

는 생로병사의 자연스러운 과정을 크게 거스르고 싶은 사람이야 어디 많이 있을까마는 젊고 건강했던 시절의 몸으로 돌아가고 싶은 마음은 인지상정이자 인간이라면 누구나 한 번쯤 꾸어보는 꿈이지 않을까. 늙은 사람이 노화 이전으로 돌아간다는 말은 인간이 불멸의 존재가 되는 것과 다르지 않다고 볼 수도 있다. 한데 놀랍게도 21세기의 인류는 이미 최첨단 과학·의학 기술을 바탕으로 이 엄청난 일에 도전하고 있다.

우리나라에서도 '역(逆) 노화'의 꿈에 한발 다가서는 기초 원천기술이 국내 연구진에 의해 개발되었다. KAIST는 바이오 및 뇌공학과 조광현 교수 연구팀이 시스템생물학 연구를 통해 노화된 인간 진피 섬유를 정상적인 젊은 세포로 되돌리는 역 노화의 초기 원천기술을 개발했다고 발표했다. 전 세계를 놀라게 할 만한 대단한 연구 성과가 아닐수 없다. 이쯤 되면 그야말로 영화〈벤자민 버튼의 시간은 거꾸로 간다〉에 나오는 인상적인 장면을 현실 세계에서 직접 목격하게 될 날이 그리 멀지 않았는지도 모르겠다.

장면 2

2016~2017년에 한국은 물론 전 세계적으로 가장 선풍적 인기를 끈 인문 사회과학 서적은 아마도 예루살렘의 히브리대학교에서 역사학 교수로 재직 중인 유발 하라리의『사피엔스』와『호모데우스』가 아닐까.

유발 하라리는 자신의 책『사피엔스』에서 3만여 년 전까지만 해도 지구상에는 최소한 여섯 호모(사람) 종(사피엔스, 네안데르탈인, 직립원인 등)이 존재했으며, 이 모두가 호모, 즉 사람 속(屬)의 구성원이었다고 주장한다. 그러나 오늘날 여러 호모 종 중 살아남은 것은 우리 호모 사피엔스 종뿐이라고 한다.

저자는『사피엔스』에서 인류가 지구를 지배하게 된 과거의 역사를 밝혔다면, 이듬해에 출간한『호모데우스』(Homo는 '사람 속'을 뜻하는 학명이며, Deus는 'God'이라는 의미다)에서는 이러한 인류의 미래를 이야기한다.

지구를 지배하게 된 사피엔스에게도 오늘날에 이르기

까지 수천 년 동안 기아와 역병, 전쟁이라는 세 가지 과제가 도저히 해결할 수 없는 난제였으며, 많은 사상가와 성직자, 예언자들이 세상의 종말이 오지 않는 한 인류는 이 문제에서 자유롭지 못할 것이라고 말해왔다. 그들 중 어떤 이는 '신의 거대한 계획'을 근거로, 또 어떤 이는 불완전한 인간 본성을 근거로 그런 주장을 했다.

그러나 지난 몇십 년 동안 우리 인류는 이 세 가지 과제, 즉 기아와 역병, 전쟁을 그럭저럭 통제하는 데 성공해왔다고 볼 수도 있다. 물론 그 어느 것도 완벽하게 해결하지는 못했으나 이 문제들은 과거처럼 자연의 불가해하고 통제 불가능한 재난이 아니라 어느 정도 관리할 수 있는 문제로 바뀐 것이라는 의미다. 말하자면 인류 역사상 최초로 너무 많이 먹어서 죽는 사람이 못 먹어서 죽는 사람보다 많아졌고, 늙어서 죽는 사람이 전염병에 걸려 죽는 사람보다 많아졌으며, 자살하는 사람이 군인, 테러범, 범죄자의 손에 의해 죽는 사람보다 많아졌다는 것이다. 즉 오늘날의 평범한 사람은 가뭄, 에볼라 바이러스, 알카에

다의 공격에 의해 죽기보다 폭식으로 죽을 확률이 훨씬
높은 세상에 살고 있다는 얘기다.

장면 3

2019년 12월 말경, 중국 우한에서 처음 발병한 것으로
알려진 코로나바이러스는 WHO(세계보건기구)에 의해 '코
로나19 팬데믹'으로 공식 선언된 후 2020년 12월 현재까
지 전 세계적으로 수그러들 기미가 없이 맹위를 떨치고
있다. 12월 3일 현재 전 세계적으로 확진자는 6,500만여
명, 사망자 150만여 명에 이르고, 미국의 경우 총확진자가
1,430만여 명에 육박하는 엄청난 숫자다. 미국의 일부 전
문가들은 겨울이 가기 전 코로나로 인한 사망자 수가 45만
명을 넘길 가능성이 높다고 경고한다.
 K방역으로 전 세계의 찬사를 받던 우리나라도 지난주
부터 일일 확진자가 500명을 넘기더니 이제 확진자 수는

629명으로, 대구 신천지 사태 이후 9개월 만에 최고치를 기록했다. 정부와 방역 당국은 이 단계에서 효과적으로 대처하지 못하면 하루 확진자 수가 1,000명 이상으로 늘어날 수도 있다고 발표했다. 방역 당국은 그 연장선에서 서울시의 경우 거리두기 2단계+α로 격상했으며, 밤 9시부터는 거의 모든 상점 문을 닫는 '서울 멈춤'을 2주간 실시한다고 발표했다.

우리는 과학이 거의 모든 것을 설명하고 거의 모든 것을 만들어내는 과학 만능 시대를 살고 있다. 과학은 광대한 우주에서부터 눈에 보이지도 않는 소립자, 미립자의 세계까지 내재한 모든 자연법칙과 비밀을 양파껍질 벗기듯 하나하나 밝혀내고 있다. 과학은 과거에는 신의 영역이라고 여겨졌던 노화나 죽음 같은 일들도 과학적으로 설명하려 시도하고 있고 한발 더 나아가 해결하는 일에 도전하고 있다. 또 과학은 그동안 우리가 너무도 당연시해왔던 개인의 자유의지나 영혼의 존재 자체에도 의문을 갖게 한다.

앞으로 인류의 미래는 어떻게 될까? 인류가 지금 전례

유발 하라리의 『호모데우스』에 대한 반론

없이 뛰어난 과학기술의 힘에 근접해가고 있지만 우리는 그것으로 무엇을 해야 하는지 잘 모른다. 그러므로 그 결과는 자칫 극소수의 인간을 제외한 대다수 인간에게는 지옥이 되거나 인류 전체의 멸망으로 귀결될 것으로 예측하는 사람도 있다. 진짜 문제는 이렇듯 놀라운 속도로 발전하는 과학기술의 본질을 제대로 이해하고 필요할 때 브레이크를 걸 수 있는 사람이 없다는 사실이다.

2017년, 유발 하라리가 『호모데우스』를 출간했을 때 엄청난 센세이션을 일으키며 전 세계의 지성에게 격한 공감대를 불러일으킨 이유는 뭘까? 당시만 해도 과거의 치명적 전염병인 흑사병, 홍역 등이 의사들의 선언대로 지구상에서 사실상 사라졌고 최근에 등장한 사스, 메르스, 에볼라 등의 감염병도 인류의 통제 범위 안에서 쉽게 관리되는 것으로 보였기 때문이 아니었을까.

그러나 『호모데우스』가 출간되고 2년도 지나지 않아 발생한 코로나19는 미국을 비롯한 전 세계의 많은 나라들이 천문학적인 비용을 쏟아 부으며 대응하고 있음에도

1년이 다 되어가는 지금까지도 전혀 수그러들 기미 없이 맹위를 떨치고 있다. 말하자면, 바이러스가 욕망의 끝을 모르는 인류의 뒤통수를 호되게 한방 후려갈긴 셈이라고나 할까.

세계 각국에서 코로나 백신을 개발하여 이미 일부 국가에서는 접종을 하고 있으니 코로나19 팬데믹도 언젠가 극복되거나 다른 전염병들처럼 인간의 통제 범위 안으로 들어올 것이다. 그러나 설령 그렇다 하더라도 인류(또는 모든 생명체)의 영원한 과제로 여겨졌던 기아, 전쟁(폭력), 질병(전염병)을 어느 정도 해결했으며 통제 가능한 범위 안에 묶어 두었다는 선언은 심각하게 재고되어야 할 것으로 보인다.

사실 과학이 모든 것을 설명하는 세상보다는 신의 영역 또는 불가지 영역이 많은 세상이 오히려 좀 더 인간답고 살만한 세상이 아닐까 하는 생각도 든다.

— 스키터 데이비스(Skeeter Davis)가 애절한 목소리로 〈세상의 끝(The end of the world)〉에서 한 말

"왜 태양은 계속 빛날까?(Why does the sun go on shining?)", "왜 바다는 해안을 향해 돌진할까?(Why does the sea rush to shore?)"라고 노래 부를 때 태양이 계속 타오르는 이유나 바닷물이 해안가로 계속 밀려드는 이유를 과학적으로 설명하는 것보다 실연한 여인이 애절한 목소리로 부르는 노래의 감성을 공감하는 것이 한결 위로가 되고 인간을 인간답게 만드는 게 아닐까 하는 생각도 해본다. 시인의 시가, 뮤지션의 노래가, 화가의 그림이 과학적으로 설명되기보다는 감성적으로 온전히 받아들여질 때 비로소 우리에게 '숨 쉴 구멍'과 '삶의 여유'를 되찾아주는 게 아닐까.

북천 김종근

전북 김제가 고향이다. 익산과 전주에서 중·고등학교와 대학을 다녔다. 주로
국제금융, 투자금융, 트레이딩, 파생금융 등 은행의 자금시장 분야에서 능력
을 발휘하였고 자금시장본부에서 임원생활을 했다. 온화한 성품으로 늘 주
변과 조화를 잘 이루었다. 당시 세태와는 달리 다 자녀(두 딸과 아들)둔 가장
으로 맏이와 둘째와의 터울이 많이 난다. 은행 퇴임 후 관계사의 고위직을 역
임했다. 지금은 경기도 소재 조용한 곳에 전원생활을 누리며 지내고 있다. 호
는 북천.

이제야 보이는 것들

1판 1쇄 발행 2021년 7월 7일
1판 4쇄 발행 2021년 11월 11일

지은이 이종휘 외 의산포럼 회원
펴낸이 이재두
펴낸곳 사람과나무사이
등록번호 2014년 9월 23일(제2014-000177호)
주소 경기도 고양시 일산서구 강선로 142, 1701동 302호
전화 (031)815-7176 팩스 (031)601-6181
이메일 jaedoori@hanmail.net

ISBN 979-11-88635-48-1 03810